U0691499

鲁迅文学奖

得　主

散 文 书 系

河水向前

刘大先 著

中国文史出版社

图书在版编目（CIP）数据

河水向前 / 刘大先著. -- 北京：中国文史出版社，
2025. 1. --（鲁迅文学奖得主散文书系）. -- ISBN 978-
7-5205-4819-9

Ⅰ. I267

中国国家版本馆 CIP 数据核字第 202485AS96 号

选题策划：江　河
责任编辑：牟国煜
装帧设计：锦色书装

出版发行：**中国文史出版社**
社　　址：北京市海淀区西八里庄路 69 号院　邮编：100142
电　　话：010-81136606　81136602　81136603（发行部）
传　　真：010-81136655
印　　装：廊坊市海涛印刷有限公司
经　　销：全国新华书店
开　　本：880×1230　1/32
印　　张：7.75　　　　字数：118 千字
版　　次：2025 年 1 月第 1 版
印　　次：2025 年 1 月第 1 次印刷
定　　价：66.00 元

文史版图书，版权所有，侵权必究。
文史版图书，印装错误可与发行部联系退换。

作者简介

————————

　　刘大先　第七届鲁迅文学奖得主。中国社会科学院研究员、教授。国家哲学社会科学领军人才。著有《万象共天：多样性文学与共同体意识》《从后文学到新人文》《蔷薇星火》等。亦曾获丁玲文学奖、汪曾祺文学奖、唐弢文学研究奖、胡绳青年学术奖等奖项。

写在前面

我们怀着由衷的敬意，编辑了这一套散文丛书。

鲁迅先生是中国新文化运动的旗手，是近现代历史上对中国社会思想文化发展具有重大影响的文学家。以他名字命名的"鲁迅文学奖"，是中国文学奖的最高荣誉之一，自创立以来，一直拥有良好的口碑和广泛的影响力。那些获得鲁迅文学奖的作家作品，毫无疑问地推动了我国文学事业的繁荣发展。

这些获奖作家分别生活在祖国的东南西北，年龄跨度从"50后"到"80后"，写作门类包括小说、散文、诗歌、评论。他们都曾创作出佳作名篇，是堪称名家的优秀作家。编辑出版这套"鲁迅文学奖得主散文书系"，我们的初衷正是让这些优秀的小说家、散文家、诗人、评论家聚集在一起，将他们各自独具的生命体验和写作风格，以群峰连绵的形式呈现出"横看成岭侧成峰"的写作景观，向广大读者奉献这个值得阅读和保存的作品系列。

在这些作品的编辑过程中，我们看到了他们不同的阅历和表达方式，看到了他们卓尔不群的文学才华和让人叹服的写作能力，看到了他们观察事物的独特角度和对自己生活、创作的诚意表达，看到了他们纷繁复杂的生活境遇和丰富悠远的精神世界。从这些文字中，我们感受到了作家对大自然和世间万物的悲悯，对岁月悠长、时光消逝的感喟和思索，对身边细微琐事的提炼和回味，对辽阔人间的关怀以及对世道人心和生命本身的探寻与思索。

我们以诚挚的愿望和认真的劳动，向亲爱的读者推荐这个书系，也以此向在写作道路上辛勤耕耘的作家们致敬，向创立近四十年的鲁迅文学奖致敬，向在岁月的上游一直如星光般以风骨和精神令后世仰望的鲁迅先生致敬。

编　者

2025 年元月

目　录

最初的梦想

常常可以在媒体上看到关于梦想的表达，那些怀揣着各式各样欲求的人们，如同身负珍宝、手握利剑的勇士，背井离乡，披荆斩棘，走在追梦的行程之中。他们充满干劲，面庞因为内在梦想的激励而熠熠生辉，哪怕两手空空，经历了难以想象的挫折与沮丧，也不曾损伤丝毫。那个最初的梦想被信念加持，似乎带上了无坚不摧的力量，鼓舞着失意与抑郁中的人们毅然决然地不再回头。

在我那闭塞晦暗的少年时代，也曾经有过一个梦想，那就是做一名长途汽车司机。开着巨大的货车奔驰在开阔无比、遥无止境的道路上，远方的景物如同多彩的卷轴次第展开，陌生的生活与奇遇遥遥在望。夜里住宿在高速公路边的野店，第二天清晨醒来，可以看到窗外阳光明媚，树叶苍翠欲滴，不知名的鸟儿在窗台静静地凝视枝头的露珠。我的内心会既充实又宁静，像一颗饱满的浆果。

这一切源自一个对外部世界毫无所知的皖西少年的向往，因为那时候我连火车也没有见过，触目所及不过是崎岖不平的土地与懵懂无知的乡民。封闭的环境反倒激发出单纯而恣肆的想象，它是如此有力，以至于初中毕业的时候我就与一起长大的发小踏上了单车旅行。我们都是生命力旺盛，不甘心困守在这一方狭窄天地的小孩。多年以后，我才知道格瓦拉和朋友阿尔贝托骑着摩托车在南美丛林中漫游的经历，他们一开始想象"前方犹如聂鲁达的爱情诗般美好"，到最后经历了"生命中最寒冷的夜晚"，因而发现人间的苦难与社会的不公，从而加入了后来的古巴革命。但对我们而言，那时候一切都不过是青春的冲动。

我们决定沿着312国道，去往金寨燕子河，发小喜欢的女孩家就住在那里。沙石的公路在车轮下吱吱作响，天空高远湛蓝，白杨树一动不动。我们在烈日下骑着单车，完全不去想三百里的路程以及不明就里的远方女孩对于我们意味着什么。这次旅行和爱情半途而废，但我们都相信自己不可能一辈子都窝在封闭的偏僻乡村。

许多年之后，我出国回来，遇到一位邻居大婶，她好奇又略带羞涩地问我，美国有没有和我们老家一样的树，那里的人是不是都头朝下走路——在她从电视或其他渠道得来的七零八落的知识中，知道美国在地球的另一边，是与我们反着的，所以理所当然与我们脚抵脚，倒着来的。乡村是迟滞的。但是1994年夏天的单车之旅，让世界向我们打开，哪怕只是世界的一角，它也再不可能是邻居大婶头脑中那个样子了。我们发泄心中的狂野，一起去老沙河边的丛林中用火铳捕猎翅膀硕大的水鸟，看到白鹭翩翩飞过柳林上空，想象天空中俯视山野的模样。高中时候，发小不想读书，离家出走，一个月后，他才从杭州回来，带回了江南城市的消息。这个青春中莫名所以的无因反抗，现在想起来如同没有逻辑的剧情，只有激烈蓬勃的热情。

十八岁第一次出远门，是在高考过后，我和发小搭长途汽车去上海打工。那时候，他已经从职业技校毕业，没有工作，而我觉得自己考不上大学。经过一夜的颠簸，第二天下午在闵行一个叫作纪王的小镇下车，两眼一抹黑，车站的板壁上贴着因风雨剥蚀破碎的电影海报。一路问，从纪王转七宝，从七宝到莘庄，公交车晃晃悠悠，身体却一直也不觉得疲倦。从西渡乘轮渡过黄浦江的时候，已是暮色时分，我记得江水浑浊浩荡，暗流汹涌，有如两个少年躁动不安的心。

二十年过去，我再也没去过纪王，但地铁已经开到了七宝，而黄浦江上架起了数个桥梁，再也不需要等半天才看见慢吞吞的轮渡了。在这漫长又短暂的二十年里，少时的朋友星散，都离开了家乡。发小在苏州做粮油生意，日子过得颇为小康，而我则到了北京。这中间彼此经历了多少艰苦、曲折、辛酸乃至屈辱，在后来见面时都没有聊起过。我们一起驱车去丹阳、无锡、江阴漫游，这里是我们少年时代向往的富庶繁华之地。有一天夜里在张家港开发区的中心吃夜宵，要了几瓶啤酒慢慢喝。旁边桌上是几个刚刚工作的年轻人高谈阔论，我就想到少年时候一起去上海的情形。长江边上的夜风很大，将浩渺的心事都吹散了。他说，还记得小时候你想做长途汽车司机吗？我只会咯咯地笑。

我们内心里都很清楚，那种带有浪漫主义色彩的理想形象是经过了戏剧化的抛光，成为一枚示范性的奖章，只为成功者而颁发，失败者则无缘得见梦想中花朵的绽放。大多数时候，人们以为自己逆流而上、击水三千，事实上不过是在更为广阔与绵长的生命之河中随波逐流。日常生活的琐碎与重压，会碾压不切实际的幻觉，即便是奔赴在方向与目标明确的道路之上，也如同无垠汪洋中的一叶孤舟，在命运颠簸不定的惊涛骇浪里被迫改变航向。

我自然没有做成长途汽车司机，就像他也没有与那个燕子河女孩成为恋人，但这些也并没有构成某个遗憾。就算没有长途汽车，也同样能够脚踏大地，走过异乡的道路，入眼别样的繁花。在剧烈变迁的宏大世界之中，我们这些出身底层的孩子能够把握的只有自己，那笃定的、勇往直前的、永远年轻的自己。命运的波浪载浮载沉，航行在大海上的小船也许暂时失去方向，最初那个长途汽车之梦也许烟消云散，但它终究会幻化成一座内心的灯塔，在狂风暴雨中赋予我们摩西剖开红海般的力量，最终风平浪静，一切安详顺遂，如入波澜不起而静谧深邃的平湖。

青春做伴

　　一个人无论是权势显赫、声名远扬，还是卑微低贱、流离失所，无论是泯然众人、平淡无奇，抑或乖张邪僻、为世难容，都有自己的青春时代。那是他们一生中最为光华夺目、蓬勃葳蕤的时候，也是形成人生基本路径与模型的时候。就像罗曼·罗兰所说："大部分人在二三十岁上就死去了，因为过了这个年龄，他们只是自己的影子，此后的余生则是在模仿自己中度过，日复一日，更机械，更装腔作势地重复他们在有生之年的所作所为、所思所想、所爱所恨。"

　　我的青春时代是在芜湖度过的。这个长江边上的小城，与生命中最光洁单纯的岁月联结在一起，在成长期塑造了我的情感与观念底色，以至于后来的所有选择和路向、光荣与失落、理想与追求，都打上了这座城市濡染的痕迹。在离开多年后回眸，内心里竟然隐约地怀有一种类似故乡般的甜蜜与惆怅。

1996 年 9 月，我拖着一个大藤箱，从六安乘坐长途汽车去芜湖报到。现在因为有了沪陕高速和芜合高速，路上时间被缩短了一半，乘坐高铁的话居然只要一个小时。但在当时，车子在国道上晃晃荡荡要走大约七个小时，才到长江边上一个叫作二坝的地方，等着从裕溪口轮渡过江。

那时候我刚刚十八岁，从未到过江南，见到江岸开阔，绿草如茵，并没有感到一点点疲倦，心中只是兴奋不已。江水浩荡，轮渡仿佛一个隐喻，标示着一段崭新的生活即将在我面前展开，那是从原生环境中脱身而出，获得了自我与自主的自由感。

我的大学位于市中心赭山脚下、镜湖之畔，翻过宿舍边的围墙就是被称作"小九华"的广济寺，门口是一条小吃街，生活交通都非常便利。芜湖处于吴头楚尾之地，因为多湖塘沼泽，鸠鸟翔集，古称鸠兹，是江南鱼米富足之地，与长沙、无锡、九江并称四大米市。这是个婉约秀气的小城市，金马门、北门到马塘区一带的老城区，没有什么特殊的规划，但并不显得杂乱，倒是透着小家碧玉的模样。

沿青弋江到江口形成商业中心地带，号称"十里长街"。我刚到芜湖的时候，从冰冻街至女人街一带的长街，依然是小商品批发市场，曲巷阡陌，还是旧时模样。有些老巷甚至还可以偶然见到青石板街，两边是桐油板门的老店铺。

初见这一切，对我都是新鲜的。但芜湖也并非只有这些历史的遗存，得地理之优势，近代以来发展为安徽最大的货运、外贸、集装箱中转港，芜湖造船厂、海螺型材和奇瑞汽车也都是叫得响的品牌。刚进校时，学校有个乐队叫"新人类"，唱重金属摇滚。每逢周末，就在西门附近由防空洞改装的地下娱乐宫里开演。几个穿皮马甲、带金属饰片的裤子，光头或脑袋上缠着布条的哥们儿抱着木吉他在那儿吼。他们第二年就因为毕业而解散了，却开启了我对于未来新世界的想象与向往。

一般人原先是把青弋江和长江交汇处的中江塔当作芜湖的地标建筑。张艺谋拍摄的画家潘玉良的传记电影《画魂》中，潘玉良离开芜湖，最后一个镜头就是给这个塔的。某种意义上，潘玉良可以看作芜湖的一个文化象征。把一个妓女当作芜湖的象征，并无任何贬义或不敬。事实上，潘玉良从江边的清倌人到驰名中外的艺术家，她的人生轨迹本身就充满了曲折的文化隐喻：一种屈辱中的奋进，软弱转而刚强，终成正果，留给人们的背影是乘船东去的青春的背影。我看过潘玉良的《春之歌》《静物》系列，颇得印象派莫奈神韵，又带有中国画传统的线描手法，简洁明快，甜美沉静——那应该是风雨过后的释然和圆融。

潘玉良的经历是一个富于诗意的绝妙故事——现实永远比虚构要复杂得多。故事的侧面是这个城市的风流，连浮华都显出了分量。不过浮华不过是表面，底子里芜湖是个重商尚文的城市。在我所走过的小城中，她称得上人文阜盛。宋代大诗人黄庭坚因欣赏芜湖的山水胜境，而在赭山广济寺中的滴翠轩内读书居住，研究诗文。现在安徽师范大学的赭麓校区内还有一个"松风阁"，便是源自黄庭坚的诗帖。赭山深处，那苍翠的松柏之后，有抗日名将戴安澜的墓，还掩映着安徽公学的遗址，它曾被人称作"安徽的北大"。1905 年，陈独秀在赭山皖江中学堂和安徽公学教书期间，曾主办过《安徽俗话报》，传播革命思想。彼时与他一起在芜湖称得上一时俊彦的，还有李光炯、张伯纯、苏曼殊、谢无量、章士钊、柳亚子等著名人物，他们留下的前卫之风，渗透在这个城市变革的影迹之中。

我上学期间，正是 90 年代中后期国企改革的高潮，家里经济情况不好，课余期间总是找各种打工的机会。早上一般四点多就起床了，拎着热水瓶去教室或者图书馆待一天，晚上到人家去代家教，回来再到操场跑八千米，冲个冷水澡睡觉。一点都不觉得累，只觉得充实和快乐。暑假也不回家，在城中村租个房子打工，几年时间我跑遍了芜湖的大街小巷，像了解自己的发型一样了解这个城市的所有细节，它的隐秘的所在，它的脾性和它玲珑剔透的气质。

大学毕业的时候，我在芜湖十二中当实习老师。校内有个大成殿，巍峨庄严，改作了学生的阅览室，里面有一块芜湖县学记碑，是北宋书画家米芾的真迹。我觉得这个阅览室就可当作这个城市的不彰显而气自华的标志。

许多年过后，偶尔在回忆的时候会想，芜湖的气质是什么呢？

是一种鲜衣怒马、白衣飘飘的青春感觉。芜湖并不是开风气的那种城市，但绝对是开放的、敏感的，如同一个对外界充满好奇的少年。她灵秀轻盈而又生机勃勃，不拒绝任何变化，又有一颗真纯的内心。那是一颗自觉向上的青春之心，待久了，芜湖就成了青春做伴的故乡。

离开芜湖后，我到北京工作，很少回去，每每有机会，都会被一种近乡情怯的矛盾心情所阻隔。十几年后，我被母校邀请作为杰出校友给新报到的学弟学妹们做讲演，发现自己在这座曾经熟稔无比的城市已经不辨东西。城区扩大，建筑簇新，第一次过江的二坝已经成为鸠江区的一个镇，而现在的人们无须再等候轮渡了，长江大桥早已开通，芜湖甚至有了直达北京的高铁。

晚上一个人到以前曾经无数次徘徊逡巡的长江大堤上散步，看着长江滔滔东去，一如当年。想起与同学在江边唱过的 Beyond 的歌《无悔这一生》："没有泪光，风里劲闯，怀着心中新希望，能冲一次，多一次，不息自强。"那是青春的信念与志气，像这个保持了清新与活力的城市一样，它没有消失。走到外面的世界，依然是一张不带风霜、朝气蓬勃的脸庞。

北京生长

冰面冻得很实，踩上去一点声音都没有。河面在午后的阳光下发出青灰色，偶尔可以看到小小的白色冰堆，那是钓鱼人开凿气孔时钻出来的碎末堆积而成。涌出的水重新冻结后，颜色要略深一些，青黑的水色，踩上去依然是梆梆硬，整个潮白河似乎都已经凝结成了固体。

远处零零散散有一些放鞭炮的人，时不时有沉闷的爆炸声，旋即消散在空气中，显示出天地间的空荡。除夕刚过没几天，正是料峭的时候，没有风，赭褐的堤岸上疏朗的树木如同铁铸般纹丝不动。

西南方向是高耸的燕潮大桥，这是一条新架的索桥，一边是燕郊，一边是通州。它对我来说是全然的新事物。我上一次来野游时，这里还是莽莽苍苍充满野气的地方。那已经是至少十年前的事情了，在我搬离通州之前，与老郑、大头一道。

他们是我的室友。刚到北京的时候，我们合住在杨庄的一个小区，紧挨着通州西站。那是一个老旧的小站，常常可以看到运送矿石与煤块的列车慢慢驶过。我不知道那些货物会被运往何方，在初来乍到的岁月中，夹杂着对陌生地方的好奇和新鲜环境的不知所措，我也不知道自己未来会怎么样。他们可能也一样。

21世纪的最初几年，北京的地铁只有三条线，京通高速还很顺畅，早晨去建国门上班，坐班车只需要二十多分钟。我们都还年轻，有大把的时间，不知不觉在一起度过许多光阴。我们结伴去平谷的玻璃台，去密云水库边吃垮炖鱼，到怀柔爬箭扣野长城，清早起床花四个多小时换乘各种车辆去爨底下，跑到房山看一座古老的佛塔……这些地方是北京的周边，扩大了的北京。

最常去的还是北运河的岸边，有时候是在傍晚的夕阳中，有时候是深夜的寒风里。荒草疾风，河水舒缓无波。2006年，宋庄新开了一个美术馆，举办纪录片展，去那里，还要费尽周折地找车。夜间结束时候，走在小堡空旷的街头，运送渣土的工程车卷起烟尘，一副开榛辟莽的城乡接合部模样。

宋庄处于北运河与潮白河之间，老郑不知道从哪里买了一辆二手皮卡，带着我们沿着曲折窄小的乡间公路一路向东，去潮白河边兜风。那些路还是北京郊野早年的样貌，跟华北其他地方的乡村并没有太大的差别，经过支渠一座水泥桥，看到锈迹斑斑的生铁闸门立柱，仿佛还是"大跃进"时代的遗留物。潮白河畔的垂柳和白杨在晴空下，折射着跟一千年前同样的阳光。

夏日悠长，仿佛时日无尽，一切都在波澜不惊之中，但是世界已经慢慢起了变化。

在一个地方待久了，就会对周围事物熟视无睹，它就变得既陌生又熟悉。时至今日，我在北京生活的时间已经远远超出了在故乡的时间，似乎对它了如指掌，实际上不明所以，可能我从来都没有真正进入到它的内心，只是在周边晃悠。

北京的内心很难一言以蔽之。我在建国门上班多年，单位对面就是始建于明朝正统年间的古观象台，明清两代都是皇家的天文台，但我从来没有登上去过。这大约就是灯下黑。有时候午间休息，我会与同事沿着贡院西街往总布胡同散步，交叉口的地方就是赵家楼饭店，现在是部队的地产。略微对现代历史了解的人都知道五四运动中"火烧赵家楼"的典故，便是出于此地。东总布胡同是北京的第一条马路，1913年时任财政总长的周自齐捐资修建。那是一条 19 世纪风格的街道，行人与建筑之间没有隔阂，行走中的人同两边的平房亲密无间。明朝时候叫"总捕胡同"，是总捕衙署的所在地。尽管时光变迁，今日依稀可见灰墙红门四合院的老北京影迹，静谧而安详。

总布胡同离老北京大学和人民文学出版社很近，住过很多名人，建筑学家梁思成、林徽因夫妇，他们的好友逻辑学家金岳霖，"中国人民的老朋友"费正清，人口学家马寅初，文学家张光年、刘白羽、萧乾、赵树理、严文井，画家董希文……这是一个缩影，北京内城的每一寸土地上都累加了无量记的历史，以至于当我们想在这里发思古之幽情的时候，需要剥开沉积岩一样的时间叠层。

人们印象中的老北京大多数都是对于旧北平的影像与文字记忆，它们由一系列典型的意象组成：鼓楼上响起的鸽哨，皇城根下四平八稳的京腔京韵，卤煮火烧驴打滚、豆汁焦圈门钉肉饼的护国寺小吃，天棚鱼缸石榴树、先生肥狗胖丫头的四合院……平民的踏实自在与悠闲趣味，同神秘威严的皇城禁地形成对比，成为被刻意雕琢与渲染的京味儿。

然而，我知道它们都是一种逝去了的念想，一种怀旧情绪里的恋地情结，承载了关于家园和文化的想象。但即便在旧时，北京也并不是单维度的，四合院间穿插的紫禁城、大宅门、寺庙道观与祭祀坛台，代表了它另外的一面，那由八百年前建城伊始便集聚的权力、贵胄、武功和信仰的层面。在 1949 年后，来自五湖四海的革命者与社会主义建设者建立的各种大院与单位，则又是一面。它们共同构成了一座混杂之城。

更何况还有我们这些新世纪到来的异乡子弟。

我所见到的北京已经是截然不同的北京。上小学的时候，初中毕业的小姑跑到北京玩，留下了爬长城的照片，上大学的舅舅到北京游学，在天安门前留影，他们给我的印象同书籍与电视中看到的差不多，那是高度精练了的象征性文化符号。80 年代末到 90 年代是继新中国成立后，北京的又一个巨变的时期，人口、信息与金钱的流动，让这个城市迎来了波澜壮阔的生长期。

及至我开始定居北京工作，北京还在 90 年代的延长线上。在从通州无数次的通勤路上，我目睹了八里桥周边兴起的地铁站，不知不觉中八通线开通了，四惠道边光秃秃的河岸不知道何时竖起了一座仿古的牌坊，高碑店的乡村建成了焕然一新的民俗街区。

在准备北京奥运会的时候，各种基建项目和文化设施开始蓬勃兴起，于我却是后知后觉。我那时候考上了博士研究生，业余时候去亚运村那里的一家媒体兼职，从外网上扒拉英文资讯，翻译整合成中文文章，发表在香港注册的杂志上，根本没有心思去关注外界的变化。老郑去美国探亲，在得克萨斯的农场上挥舞着镰刀砍草。大头报考了英国大使馆的文员。我在电脑上安装了 Rosetta Stone 软件，自修法语，并没有明确的意图，也不知道学了又有什么用，就是精力旺盛的副产品。

我在网上认识了很多朋友，赶去三里屯参加天涯网友的年终聚会，带上海过来的同学去北海游玩，去蓟门桥北京电影学院的一位老师家中拜访，接待来自福建的一个会计，他对于宋词的鉴赏让我敬佩莫名……很多时候，去这些地方是外来游客的保留节目，万人如海，我们都像微不足道的旅人。我们的北京，在王城的四野。

这个时候已经没有分房子的福利，二环旁边龙潭湖边的房子虽然也才三四千块钱一平米，我们也买不起，甚至没有那个意识。老郑后来在昌平一个村庄买了一个房子，我和大头换乘几次地铁到西三旗，再找公交车，从上午走到下午，才赶到那个叫作踩河新村的地方。那个地方在北沙河北，都快到北六环了，但那也是北京。我去过的更远的地方是长哨营和喇叭沟门，已经快到河北丰宁了，白桦树林中的满族乡，据说当年是专为向京城皇家供应造扎枪用的杨木杆的军事后勤基地。大头的房子靠近台湖，那个地方产一种莲藕，秋冬季节会有外乡人到开冻的淤泥中来挖。我的房子在常营，据说因明朝开国将领常遇春的兵营得名，是穆斯林比较多的地方，小区的前方还有一座清真寺。我们四散开来，异乡的种子落在北京的田野生根。

郊野的生活节奏不快，远远赶不上北京的生长。它的生长速度在 2008 年奥运会之后更为显著，在我出国一年半于 2011 年再回来时，明显感觉到地铁拥挤不堪，有时候甚至都挤不上，到了冬季，偶尔还会看到乘务员用膝盖顶着帮乘客推进去，就像在东京地铁上的情形差不多。越来越多的人从燕郊赶到 CBD 甚至金融街去上班，有的时候通勤需要两个小时。这个时候，北京地铁的线路已经十倍增长不止，它们作为城市的血管和肠道，吞吐着血肉，更新着肌体，依然免不了会时不时发生一些梗阻。

被人像货物一样推进充满各种体味的车厢，肢体镶嵌在肢体之中，簇拥着难以动弹，无疑不是很好的体验。自己驾驶汽车，上下班高峰拥堵在如同停车场般的高速公路上，同样让人难以忍受。房价在 2008 年之后飙升，是异乡人最为沉重的负担。租房子则很可能面临房东不定时加价或者以各种理由要取消合同、流离失所的苦楚，抢夺共用盥洗室的焦灼。我没有租房子的经历，但是在百子湾、石佛营见过衣着光鲜的白领那凌乱简单的住所，在皮村见过农民工简陋的工棚。交通、住所、医疗、子女教育……大城市的烦恼不止一端，缘何人们还要趋之若鹜呢？

有一种广为流传的说法，大城市具有虹吸效应，人们麇集而来，是为了寻找更好的机会，追逐自己的梦想。这当然并没有错，但不过是从经济理性上进行的抽象概括。在具体的个人那里，我相信绝大多数人同我一样，不过是在命运的无奈中抓住有限的机会，就像大风吹过山岗，树木的种子能落到什么地方并不由自己说了算。落在哪里，就拼命扎根、发芽。在那种远离原生文化的奋斗中，一个人会体会到自己英雄般前行的担当与精进，会有脆弱与孤独的时分，也会有欣喜与奋发的时刻，他（她）从精神到肉体，慢慢都会跟这个城市发生一种亲密性的关联。

　　刚来的时候，我对北京的冬天一无所知，甚至都没有羽绒服。宿舍的暖气烤得我鼻子干燥出血，我觉得空气浑浊，总是把窗户打开，东北人大头就会觉得头被冷风吹得疼，为了窗户的开关我们还吵过好几次架。有一个隆冬清晨，当我走过车公庄的过街天桥，赶去一个打工的地方时，寒风吹彻积雪，穿过单薄的衣服，眼泪不由自主地冻出来，那时候我才深刻感受到北京的风有多硬。早先我在江南会冲冷水澡到元月窗外飘雪，到北京第二年适应暖气后就再也无法接受刺骨的冷水，回到南方老家已经吃不消门户大开的寒气了。我确乎被北京改变了，于我而言，它不再是屏幕或者明信片上的风光与地标，而是实实在在的生活。

　　21 世纪初年的北京目睹了无数人向自己走来，而它也正是在新鲜血液的关注中飞速成长。我曾经对北京在 20 世纪的城市意象流变做过一番考察，它在辛亥革命前后可以说是一个混乱不堪的地方，在北洋军阀与南方革命党人的斗争中它显示出颟顸迟滞的面孔，城市里住满了老官僚与新学生。在本土文人和外来的旅行观察者眼中，它一度呈现出死气沉沉的面貌。抗日战争时更是沦陷在日寇手中，它那多年首善之区所形成的隐忍与顺从，更是让它饱受耻辱与摧残，灿烂的文化只留存在知识分子的记忆与想象之中。只有到了新中国成立，龙须沟那样的乱葬岗臭水沟才会被改造成一个宜居的处所。皇宫成为普通人都可以观览的景点，广场则成为群众聚集的空间，从复兴门到木樨地的"新北京"也完全是一派人民城市的风貌。作为首都与政治文化中心，它打破了"南贫北贱，东富西贵"的格局，扩张了"大圈圈里套着个小圈圈，小圈圈里套着个黄圈圈"的结构，代表着全新的国家形象，成为全国人民向往的中心。

在改革开放的初年，"京味"被发掘出来，成为某种地方性文化的特点。我曾经参加过北京语言大学合作的一个课题，研究京味文化的演变和"新京味"的流变。但北京既是地方的，却也从未局限于地方。那些怀旧式的文艺作品中的大宅门往事或者小市民生活，那些典雅雍容的腔调或者平易顺畅的美学，只是一种文化景观，并不能引起我更多的兴趣。在地方文史资料中，可以看到很多有趣的掌故，比如魏公村是维吾尔（Uighur）的音转，中关村原先是专埋太监的"中官村"，望京本是北方进入辽国的最后一个驿站，可以遥遥望见京城了……诸如此类各个地方都有的风物地名传说。这些知识增广见闻，饶有兴味，却不能引发人的共情。

我相信，北京在被称作燕都、渔阳、广阳、幽州、燕京、中都、汗八里、京师、顺天的时候，并不是今天所说的那种"京味"——它只是晚近不到四百年间的一种阶段性的现象，接续了早年的遗产，经过了五方杂处后的创变。这种创变直到今天还在继续，北京真正吸引人的地方就在于这种兼容并包和融合创新。如今徜徉在大望路附近，谁也不会想到它在建国时不过是一条沙石铺就的小路。华贸中心的前身是国华电厂，金地中心原址是一个酒厂，二十年间，天翻地覆，长出了流光溢彩的国际化写字楼与装修豪华的购物中心。石景山的首钢搬走之后，开辟了冰雪汇和科幻产业创新中心，酒仙桥的老工厂成了 798 艺术区，定福庄那些建于 50 年代的房屋被改造成了 1919 创意产业园，那些早期工业化时代的遗迹烙上了崇高美学的色彩，直观地呈现了新世纪北京的迭代升级。

北京有那么多的不好，至少在我看来，本地菜很难吃，春天风沙遍地，夏日燥热难耐，秋天萧瑟而短暂，冬季漫长又寒冷。但有这一样好就行了，所有人来自所有地方，谁也不会特别在意谁，谁也不是中心。这带来了难得遵循自己心意生活的自由，人们从四面八方而来，在各种角落驻足，构成了与新时代北京同生而共进的主体。他们多样性的生活让这座古老的都市充满活力。大头原来是学计算机情报的，但后来攻读了儒学。老郑本科时候是学中医的，研究生考到北大学比较文学，后来做印度研究。这些都不是符合世俗期待的选择，北京的博大提供了容纳的空间。这里有富人惊人的财富，也有穷人无望的挣扎，有平庸无趣的小市民，也有特立独行的艺术家，有坚固的科层制，也有无限开阔的自由。万人入海，才能融有一身之藏。

身在其中的人往往很难窥破所处环境的真相，对于一个地方只有离开后的回望才会重新加以认识。当我在2021年离开北京，一年异地的生活中，时常会想到它。也许，对于北京爱恨交织的情感，一直潜伏在伴随它生长的过程之中。这一年的末尾，我得知了老郑骤然离世的消息。自从大家从通州分开，我们很少联系，见面的次数屈指可数，但是这个消息依然让我长久无法释怀。那种复杂的情绪并不容易厘析清楚，就像我以为我对这个城市毫无感情，回望之中赫然发现自己已经成为它的一个分子。

离开通州的最后一个夜晚，收拾停当已是深夜。我在小区的路上游荡了一会儿，坐在一架秋千之上轻轻地摇荡，想着，我们都已经是北京的血肉，是我们赋予了它骨血与精气。

当我再次回到曾经与老郑游荡过的河边，不免想起以前的种种。他是那么强壮、豪放、生机勃勃的一个山东大汉，没想到会突然消失了。我们在这里欢笑，哭泣，在这里活着也在这死去。如果他要是同游，面对脚下的坚冰，一定会想法子找个乐子。

我搬来一块石头，对着一处冰面使劲砸下去，一下，两下，只是留下了白色的印迹。远方一处河流洄弯处，阳光在冰面上晒出了一层薄薄的浮水，也许那里会最先融解吧。河边的柳树也会再次发荣滋长，北京则还在生长。

努尔巴努的背影

天空如同染了靛色的大海，在西流的伊犁河谷顺着水势的方向，如血的残阳映照在天宇，把水与天连接起来。晚风中的白桦树叶子簌簌作响，就像哈萨克族汉子抽击在空气中的鞭子。

大地繁花斑驳，清晨的阳光照射在那拉提草原。露珠晶莹，细密而规整地排满在草叶与花朵之上，给它们上了一层糖霜，青草的颜色也因此而仿佛笼罩了一层梦霭。

策马在赛里木湖边飞驰，就是飞驰在灵魂的深处。山坡上有无数松软的土拨鼠洞，马蹄容易陷下去，那些肥胖的家伙，懒洋洋地看着牧人打马而来，并不躲闪。

喀什的老街阡陌纵横，黄土和木材的精华化为朴实的居所。琳琅满目的小商品街上，铜匠埋头敲击，木匠俯身刨木头，骑着小摩托的老人慢慢驶过。

阿勒泰市的果园中，哈萨克族老人在白桦树下弹着琴，纵情唱起情歌，回忆半生过往，热情不减……

我已经记不清自己多少次到新疆了，甚至比回故乡的次数还多。关于新疆，我能想起无数的画面就是它们。然而，记忆最深刻的还是十年前第一次到南疆边境时遇到的塔吉克族女孩努尔巴努的背影。

从喀什往西，逐渐进入帕米尔高原，漫长绵延的喀喇昆仑山遥遥在望，雪山带来的冷风干燥而凌厉。沿着公路，悬崖之下是一条混浊湍急的小河，断断续续始终跟随着车辙。赭红的高山下是布满石头的平滩，灰白的色调中曲折前行着青黑的河水。

塔什库尔干距红其拉甫口岸仅有一百多公里，与巴基斯坦接壤，是一个很小的县城。这里是塔吉克族人的聚集地，我到这里来拍摄塔吉克族人日常生活的片子。

小城东北角是一片红柳、胡杨和棘果的密林，树林中有一条泠泠作响的小溪，雪山上化了的水从这里淙淙流过，穿过这片丛林就是努尔巴努的家。清晨，我在路边给已经微微泛黄的胡杨林和不远处白雪皑皑的山峰拍照的时候，一个穿红上衣、蓝色碎花短裙的少女从路的尽头施施然走来，在黄、白、绿的背景中，就像是个雪山的精灵。这就是努尔巴努。她苗条健康，高鼻深目，睫毛很长，脸部的轮廓很像某个欧洲网球女星。

努尔巴努一边哼着歌，一边坐在地毯上绣自己的嫁妆：枕套、被褥、毯子。慢慢地，她的声音低了下来，渐至于无声，然后，她的泪水掉在了白色的刺绣上。还有十几天她就要出嫁了，那个时候，她就要在家里闭门不出，村里的乡亲和所有的亲戚都会来祝贺，那个男孩子会在第三天带着七只羊和一头牛过来，把她带走。

努尔巴努接受了我的采访。她之前在位于乌鲁木齐的新疆商贸经济学校学酒店管理，在偏远的家乡，这个专业无所作为，今年初，她通过资格考试，成为县上中心小学的老师了。她每天要上很多课，包括汉语拼音、美术、音乐、算术。

因为家里比较贫穷，主要的收入还是来自农牧业，弟弟妹妹都还小，干不了什么事情。工作不忙的时候，努尔巴努会帮助她那日益年迈的父母干些农活。吃过午饭，母亲到溪边浆洗衣物，父亲在挖土豆，田里的麦子已经成熟了，努尔巴努提着镰刀来到麦田，在烈日炎炎下挥汗如雨，收割小麦。

　　她是个性情温柔的女孩子，对着镜头有些含羞，所以不免会一遍又一遍地重复一个场景的拍摄，连我都有些不耐烦了，她却依然温顺地遵从调遣。帕米尔高原的阳光非常强烈，很快就把她的脸晒红了，灼热的阳光打在脸上，她的双眼微微眯起来，睫毛修长，忽闪忽闪的，眼角可以看到几丝可爱的鱼尾纹。

　　拍摄完毕，天很黑了，我邀请她一起吃个饭。她摇了摇头，温婉地笑着说："恐怕不行了，我还要赶写教案，明天一早要上课呢。"

　　我只好目送她远去，在昏暗的灯光下，她的身影细瘦纤弱，许多年后回想起也如同昨日一般清晰。

　　我并不喜欢纯粹的自然风光，而更倾心于人文与历史的在场；我也并非善于抒情之人，倒总是沉浸在某个灵感触发的瞬间。那样的时刻，体验的本然状态呈现，就如同一块石头在阳光下发热，溪水奔流冲刷到堤岸的水草，秃鹫飞过长空，列车远去，一个人的背影在万家灯火中踽踽独行。

　　努尔巴努的背影就是那样一个瞬间。在新疆那样一个边远地区，已经成为一片废墟的古城要塞屹立在沙湖和雪山之间，成为自然的一个组成部分。江山已逝，石头永恒，石头上蹲踞的乌鸦也仿佛雕塑一般。

它们和博大的新疆一起构成了努尔巴努的背景，让我看到一个和我一样的心灵，面对生活的艰难，平静而又坚忍地默默承受，就像是遍布在这块高寒干燥之地的红柳。

"游击队员" 在 136 街

一

2009 年 9 月的某一天，在经过了十几个小时的航行之后，我终于抵达了纽约。飞机在哈德逊湾盘旋了一圈，我坐在窗口，看到底下楼宇历历在目，心里颇有些轻松。我终于要摆脱在北京的琐碎日常，要在哥伦比亚大学开始一段无人干扰的生活了。此前的一年，我刚刚博士毕业，一边上班一边写论文的日子实在是太辛苦了，因而一旦有机会，我赶紧申请了出国的项目。

学校在百老汇 116 街，我住在西 136 街斜下坡的一幢有着绿色大门的公寓楼里，与另外三个人合租一套三居室，住其中一个房间，卫生间和厨房共用，就跟中国社会科学院在通州给刚入职人员安排的单身宿舍差不多。这里是贫民区，主要住的是来自西班牙、墨西哥和波多黎各裔的一、二代移民，很奇怪地被包围在黑人区之中——往南的 125 街和往北的 140 街左右据说都是黑人区。好在这些邻居们谨小慎微，基本上还算安全，尽管有些人往往无论白天黑夜坐在楼洞门口无所事事，聊天或者听音乐。几乎每到周末，这些芳邻一大帮人开 party，能喧嚷到凌晨三四点，虽然让人不堪其扰，但因为这里距离学校不算远，也勉强可以接受。

我知道有许多国内的访问学者都住在皇后区的法拉盛，那里是华人较多的区，地方倒是便宜（能便宜一半房钱，大约套间里的一个房间也就是四百美元多一点），但是到学校需要花一个半小时，并且不用说一句外语就可以生活，没有语言环境，所以我没有选择那里。从绿色大门往西走，很快就到哈德逊河边的河岸州立公园，可以看到原先的建筑是弗兰德式的，很见气派，据说以前是荷兰富人们住的，后来他们都搬到类似长岛那样的地方去了，如今这里成了拉丁裔的聚集区。公园周边是网球场、溜冰场和垒球场，都是沿河而建，可以看到北面不远处通往新泽西州的高速路桥。新泽西是花园之州，但是在那边租房子没有车几乎不可能，而每天来回的过桥费对我而言就挺贵。

安顿下来之后，生活变得非常简单：白天到学校上课或者在图书馆看书，晚上回到宿舍睡觉，闲暇的时候去逛美术馆、听音乐会、看戏看电影。尽管国家给予的资助并不丰厚，但可以维持日常开销。这个时期的访问学者不再如同改革开放初期时那样存在一定经济压力，相对而言生活和精神上都要轻松很多。现在回想起来，初到美国，我丝毫没有"文化震惊"之类的反应，毕竟这是一个全球化的时代，便捷的交通和网络已经让文化沟通尤其是学术交流变得日常化。当时刚刚成功举办的北京夏季奥运会无疑展示了中国和平崛起的综合实力，很明显中国在国际上的话语权重提升了，中国学者的声音也日益得到重视。大学校园基本上还属于一个较为独立的场域，对于心无旁骛、只想读书的我来说，简直称得上如鱼得水。

访学并无明确具体的任务，我选了几门课，以免过于信马由缰，同时可以获得课程大纲，那上面一般会附有推荐阅读的书目或论文，是很好的指南。这个时候网上已经可以找到各种常春藤名校的课程视频资源，但是看视频总归没有课堂的现场感和即时互动的讨论，后者可能更重要。听课与讨论让我重回到读研究生时候的状态，固然艰苦，却有种在山阴道上行走，满目美景应接不暇之感。纽约给我的感觉类似北京，在这个陌生人麕集的都市，everybody from every-where，没有人在意你的背景、衣着等诸如此类的东西，万人如海一身藏的感觉，让人有一种隐秘的欣喜。我奔波在各个学校的楼宇和图书馆，游走于博物馆、音乐厅和剧院，如同穿梭在丛林中的"游击队员"。

二

课程当然没有那么轻松，事实上绝大部分指定阅读材料我都未必能够在上课前读完，大部分时候都要阅读到凌晨两三点。我的室友有两位是学电子工程的硕士，也非常刻苦，从来没有在我睡觉前回来过，当我早上八九点钟起床时，他们已经去学校了，以至于很长一段时间我都没有同他们打过照面。高强度的学习就像是体育运动的极限训练，可能会在不长的时间里让人的视野与思维得到强化和突破。

在最初申报研究计划的时候，我写的是寻找域外少数族裔相关资料，但因为硕士时候攻读的是西方美学专业，内心中还是对理论充满了热情。最初选的课程就是"当代理论的背景"，内容主要是美国与欧陆理论的关系，尤其是德法哲学的影响。这门课的主讲教授布鲁斯·罗宾斯是"新世界主义"的倡导者，他的妻子在联合国教科文组织国际原住民权利委员会工作，对我关于少数民族的研究很有兴趣，我们聊得比较开心。从整体的学术话语来说，20世纪理论的热潮已经退去，中外信息不对称的因素也在减少，我们这一代人显然不太可能如同前代学者那样，靠述介外来理论便可以立足学界，我个人也不愿意将自己的精力完全用在研究某个大家比如福柯或者海德格尔之上，但理论依然是面对材料与现象时的基础。由于博士阶段攻读的是中国现代文学，彼时已经五六年不太关注西方理论，所以课上关于巴迪欧、齐泽克、列维纳斯、阿甘本这些时髦学术明星的讨论，让我觉得还是有些收获的。

追逐学术时髦热点与粉丝追星从情感本质上来说是一样的，像特里·伊格尔顿、齐泽克、巴迪欧、朱迪斯·巴特勒、查尔斯·泰勒这些大腕到纽约讲座，我总是像少女去见偶像一样满怀激动，其实也没听懂多少。记得有一次去听巴里巴尔的讲座，此人是阿尔都塞的弟子，被称为法国最后一个马克思主义者，罗宾斯竭力推荐我去听。会场人头攒动，但我根本什么都没听懂。一方面是英文程度有限，力有未逮；另一方面是睡眠不足，居然睡着了。那天觉得一无所获，晚上心灰意冷，躲到图书馆自哀自怜。无意中看到一本书叫《异见者说》（*The Dissident Word*），其中有位埃及学者萨达维（Nawal El Saadawj）写了篇《异见者与创造性》（*Dissident and Creativity*）。这位母语是阿拉伯语的教授在杜克大学教书，看来对德里达之类的后现代理论不感冒。他写到一则逸事，说有个朋友一次到杜克开会，德里达在会上发表了个演讲，结果那位阿拉伯老兄跟我听利科（Paul Ricoeur）的感觉一样，满头雾水，心里受不住，晚上回去就做了个噩梦，梦见德里达用双手掐他的脖子，他都快窒息了。萨达维女士于是感慨：后现代主义之害，为祸甚深啊，它们是知识恐怖主义（intellectual terrorism）！

话虽这么说，我从接触文艺理论开始，基本上就身处于总体性瓦解的后现代氛围之中。可以说，经过尼采，那种体系性的哲学建构就失去了合法性，此后林林总总的"理论"，都不再具有统摄性的意义和权威。我读书时虽然是从古代经典开始，但它们只是构成了知识背景，真正产生影响并内化为思维和方法的还是新马克思主义、后现代、后殖民这些新兴理论。这无形中可能造成了在学术品格上某种难以归纳的游击性——不会遵从哪一家的学说，或者哪一派的"家法"，没有什么门户之见，也缺乏所谓的学科边界意识。理性认知中，我知道在所谓的"学术界"，咬定某个主题深耕细作是正统路径，如果打一枪换一个地方则会被认为游学无根，但我性格上比较跳脱，徘徊于易感与深沉之间，从为学路径上来说一直属于自由生长的状态。

记得上小学的时候去外婆家玩，小舅曾经给我出过一个脑筋急转弯，问你最了解的人是谁。我立刻就给出了答案：自己。按照标准答案，这是对的，不过小舅认为，话是这么说，但其实人很难真正了解自己。我当时不明所以，隐隐觉得也有点道理。现在回想，小舅那个理工男将原本轻松的娱乐上升到了哲理的高度，当然他适时打住了，可能觉得跟一个小学生无法进行更深层次的讨论。这个问题涉及人的自我认知，关乎"我是谁"这样根本性的话题。

我是谁？即便到了今天说起来，我也一片茫然。可能外界对我的印象是少数民族文学研究者、当代文化批评者、学术期刊的编辑，但人的社会角色、职业和身份有着不同维度和层面，在不同的场合呈现出不同的面目，并且随着语境的变化和自我的成长会有所变化与侧重。就职业生涯而言，我感觉自己就像唐德刚对胡适的一个评价，大致的意思是胡先生在各种文化运动中如同中药方中的甘草，哪一剂都少不了，却也从来不会成为主打药，而是一个药引子。我涉足的领域从人文学的角度而言比较广泛，在文艺理论、影视研究、少数民族文化、近现代与当代文学方面几乎都写过文章乃至出过书，在专业化的学术分科中这是一个忌讳，就像一个没有根据地的散兵游勇。但我倒是挺欣慰自己并没有被某种单一形象所定型，换言之依然保持了开放的生机和多种可能，而思维的活力就潜藏在这种生长性之中。

三

坦率地说，虽然从事文学事业，但我对文学并无特殊爱好，只是喜欢读书而已，读书也更多钟情于智性的启迪而不是华美的修辞。暨南大学的赵静蓉这个时候在哈佛访学，我们 2006 年在一个文学人类学的会议上认识，一直有联系。她经常打电话跟我聊天，说被霍米·巴巴弄得很沮丧，后者的英文佶屈聱牙，反倒比英美本土的学者在修辞上要繁难。我那时候也在读《文化的定位》（*The Location of Culture*），深有同感。当时正值余英时在中国台湾联经出版事业公司出版《未尽的才情——从〈顾颉刚日记〉看顾颉刚的内心世界》不久，她读了后找来《顾颉刚日记》看，发现余英时过于强调谭慕愚对于顾的影响，浪漫化了二人的爱情，实际上到最后顾谭二人彼此都无甚感情。晚年深刻影响了顾颉刚的其实是张静秋。"千古文章未尽才""堪叹古今情不尽"种种，免不了余英时本人的主观臆断甚至有意为之。赵静蓉看到许多细节，比如张静秋晚年因为逼迫顾颉刚去参加运动和思想学习，乃至动手殴打顾，她想探讨一下三个女人（殷履安、谭慕愚、张静秋）对于顾颉刚本人的影响，这个大约也是她关于"记忆"研究的一个案例吧。

我没有赵静蓉那样有个一以贯之的研究主题，兴趣点颇多。因为工作的原因，自然要关注少数民族及其文学，关于斯皮瓦克和霍米·巴巴的阅读也是源于此。但我很快发现后殖民理论必须结合其产生的历史与社会背景，印度经验与中国相去甚远，包括我从2000年左右就开始接触的萨义德，也只能是对其方法上进行借鉴。在这个过程中，我也试图引入美国少数族裔批评，为此在到美国之前做前期准备还翻译了骆里山（Lisa Lowe）、谢利·费希尔·菲什金（Shelley

Fisher Fishkin）和韩瑞（Eric Hayot）的一些论文。亚裔和拉丁裔文学的研究路径一般从移民法（Migration Law）和全球资本主义（Global Capitalism）两个方面入手，黑人文学更多涉及历史遗产与种族遗留问题。race 和 ethnicity 之间有着鲜明的区别，《美国新移民文学》（*The New Migrate Literature In U. S.*）是很好的参考书，美国少数族裔作家将 race 这个词义转换为一种反抗的运用，这些与中国少数民族文学的发生与关怀大相径庭，无疑也颇有意思。

虽然少数族裔批评理论方面的译介我后来并没有继续下去，但是它们所通向的历史和法律问题让我对涉及种族文化差异的话题有了更深的理解。我所住的地方算是泛哈莱姆地区，从宿舍到学校中间虽然只隔了二十个街区，步行顶多也就是二十分钟，但是 116 街和 136 街显然已经不是同一个世界——把它们分开的就是 125 街。我很早就听过种种有关此地的传闻，无外乎关于抢劫、吸毒、暴力之类，有好心人还叮嘱我兜里一定要揣点零钱，万一遇到有人要钱，就直接给他，不要发生冲突，因为你不知道他有没有吸毒或者持有枪械。

一般人对于纽约的想象往往都是由大众传媒的符

号构成的，自由女神、帝国大厦、华尔街、第五大道、中央公园……很少有人会在意哈莱姆的底层生涯。我来纽约之前不久，正好出了个来自世界各地的十二个导演合拍混剪的电影《纽约，我爱你》，大约最能体现人们对于纽约的想象：暧昧、欲望、孤独、多元，每个人都来自不同的地方，所有的事情都有可能发生。但是当我每天走在路上，那些小资式的想象就完全灰飞烟灭了。我知道那是事实的一个部分，在林肯中心、在百老汇、在华盛顿广场，还有更残酷的真实。

在马丁·路德·金节的一个活动中，我有一次去125 街参加一个纪念黑人民权运动的活动。我记得当时与会的人回顾了美国民权运动的历史从 20 世纪 40 年代就开始，是与当时的国际反法西斯运动相平行的国内反法西斯运动，不仅强调政治权利（比如选举），更主要的还是在于经济权利（比如就业）。印象最深的莫过于结束的时候，一个白发苍苍的老者说奥巴马虽然是黑人，也不可靠，我们要靠自己争取权利。马丁·路德·金如今也已经成为美国文化的一个符号，在他的节日举行这样的活动却只是茶杯中的风暴，在现实生活中发不出多大的声音了——他们放弃了马克西姆·X 的激进道路，也没有在制度和文化教育层面进行深层次的变革，只会酝酿更为激进乃至走偏了的行为，又两届总统之后发生的 BLM 运动是后话了。

我在百老汇剧院看过一个戏《邻居》，通过居住在对门的两户人家——一户是底层从事通俗娱乐表演的黑人家庭，一户是中产阶级黑人丈夫和白人妻子家庭——的参差对照，表现根植在美国文化深处的种族主义无意识。其中突出地体现在中产阶级黑人身上。剧情的矛盾并不起于他与白人妻子，而是集中于他与同为黑人的底层家庭之间的矛盾，这样就把种族问题与阶级问题纠合在了一起。因为将白人作为完美的人格范型，这个中产阶级黑人努力想要做的就是摆脱他的先天黑人因素而成为一个白人，如果外表上做不到，那么至少在价值观、道德和价值尺度上也要努力去靠拢（这有点像菲利普·罗斯的《人性的污秽》）。身份认同上的错位造成了他的性格上的内爆和精神分裂。在舞台设计上导演颇具匠心，尤其在戏剧结尾的时候，底层黑人家庭说"表演开始"，然后静立在舞台之上，凝视着观众，背景则是中产阶级家庭夫妻俩在撕扯。这个设计造成了"看"与"被看"的换位，底层黑人在看观众，观众看到的"表演"却是后台的中产阶级黑人家庭，这就使得处于前台的底层黑人获得了主动性，在整个场景中由原先的"被看者"（从事低俗表演）成为"观看者"——审视观众们内心深处的种族观念。不过，这样的"文化政治"在现实中显得颇为无力，这可能是文学艺术本身在我们这个时代无力的体现。

四

还有几门课印象比较深。"比较文学入门"是刘禾教授主持，说是入门，其实是给博士生的课，因为每次课都要读很多原典，以我的阅读速度根本读不完，我问那些博士生，他们基本也读不完。这个课程听课的人不多，但生源驳杂，来自历史系、古典学系、建筑系、电影系、艺术系、文学系和人类学系的不同系别。这门课关注现实前沿，后人类、新媒体什么的也有专题，每次课刘老师都会请涉及到的相关学科的教授来讲下半堂课，形式很有意思，像做图像学研究的W. J. T·米歇尔、人类学家阿帕杜莱、做新媒体研究的马克·汉森（Mark Hansen）、日本文化研究者哈如图涅（Harry Harootunian）等人都来过。我印象深刻的有一次课是乔治·萨里巴（George Saliba）来讨论伊斯兰的科学对欧洲文艺复兴的影响，还有一次是安德鲁·琼斯（Andrew Jones）讨论中国爵士乐对美国音乐的影响。不过，我大部分情况下都张不开口，因为阅读材料都没有消化，只有某一次讲到地方性知识和文化翻译，还有一次是日本战后大众文化，这两个话题我略熟悉一些，才能参与讨论。这种"比较文学"的理念突破了所谓的影响研究和平行研究，是真正的跨学科，或者可以说就是广义的"文化研究"，同我的想法和兴趣接近。

"现代中国文化与文学"这门课接受起来最简单，我的博士学位论文就是《现代中国与少数民族文学》，前期有一定的思想史与文化史积累，果然是自己有多大瓢才能舀起多少水。课程安排是每次围绕一个主题，讨论过老舍与笛福、萧红与女性主义、萧乾与旅行文学、韩少功与语言变异、张爱玲与音乐、王家卫与香港、王安忆与上海、聂华苓与历史、徐冰与符号、北岛的诗歌，等等。内容对于我来说虽然谈不上新鲜，但是收获倒是最多的，主要是视角和观点的启发。"独立研究"课没有老师，就是我和东亚系以及比较文学系的博士生，像美国的 Anatoly、以色列的 Gal、印度的 Arulabu、国内清华过来的钟雨柔，每次五六人讨论各自心得。我们共读了章太炎、梁启超、康有为、林纾、何震以及电影史的一些著作和文章。我主要是去练习说英语，大家彼此大约都会从对方那里学到一些东西吧——大学的好处就是有一群知识、志趣、智力水准接近的人，同学之间的交往互动，往往比从老师那里受益更多。

课堂学习和课下阅读占去了绝大部分时间，我对纯粹外出旅游没有太大兴致，春假和暑假期间从俗，跟室友去华盛顿、布法罗、弗吉尼亚、田纳西几个地方随便转了转，很快就又回到136街。也许我以前游玩的地方、虚度的光阴太多，眼见进入而立之年，迫感时间有限，不能浪费。刘禾老师可能看我好学，替我争取了一个工作，辅助她上一门课，这样就有了一定的收入，可以支持在国家留学金基金委的资助到期后延期生活的费用，对我也是很好的学术训练。许多年后，我依然对这个善意心存感激。

来美之前，我没有任何的海外联系，一无所知地在自己的命运中东突西进。曾经和外文所的钟志清聊过，她是浦安迪的学生，但我最终没有和浦安迪联系，自然也就没有到普林斯顿，只是中间抽空去普林斯顿、哈佛、麻省理工匆匆一游。我从未上过名校，这也算是人生遗憾吧。走马观花没有什么印象，只记得到离普大主校区比较远的 Fuld Hall，是爱因斯坦的办公室，屋后是大片草地，雄浑的树木，有一口千年的老池塘，落叶纷飞，夕阳西下中，沁人的美。然后就去研究生院，教堂式的老建筑，干净、幽静、娴雅，没有什么人，是读书研究的好地方。

　　这期间又来了两位新的访问学者，一位是做戏剧的陶庆梅，一位是做建筑学的林鹤。林鹤原先在清华大学任教，写过《西方 20 世纪别墅二十讲》，翻译过几本大众文化研究的著作，因为身体原因已经辞职移居纽约给孩子伴读，她到哥大学习是非常纯粹的自我提升。我们经常结伴去看戏，听音乐会，到刘禾、李陀的寓所聊天。他们家周末或者节日时候往往高朋满座，像冯象、徐冰、商伟、卡尔·瑞贝卡、高彦颐、包卫红、林凌翰、欧阳江河、于晓丹……仅仅听那些来宾的交谈就能得到许多"耳食之学"。我最快乐的时光就是默默坐在一边听他们议论风声的时候，偶然灵光一闪听到的词语，顺藤摸瓜，可以勾连起学术史意味的话题。比如，有一次我同林鹤聊到建筑史和建筑现代主义的问题。现代主义建筑强调的是功能，比如玻璃在建筑中运用的变迁。一方面，尽管玻璃很早就出现，在中国至少在汉代就有琉璃瓦，但是由于技术的限制，不能大量生产，从而造成它的昂贵，于是进一步形成了富足奢华的象征含义。另一方面，由于玻璃的透明性，从身体角度来说，玻璃将原本被不透明的墙区隔开来的外部空间可视化，拉近了人与人之间的心理距离。第三方面，玻璃的使用还有在工艺自身发展的进程的"炫技"（spectacle）的意味。玻璃的大规模使用并不很早，大约是从 17 世纪末才开始，最初是用于博物馆（比如水晶宫），然后是用于工厂等场所，最后才是民用建筑。这是一个现代性的过程，如果做文化史，"玻璃与现代性"就是一个很好的题目。

所谓"耳食之学"如果有意义，显然不是停留在听到一些支离破碎的观点或掌故，而是一个开启新旅途的契机。比如关于安托南·阿尔托的"残酷戏剧"，后来就引发了我对东亚"极端电影"的思考。"特修斯之船"的典故也不禁让我想到少数民族文学研究中的"身份"问题：一艘可以在海上航行几百年的船，在不间断的维修和替换部件的过程中，终究有一天船的所有功能部件都不再是最初的那些。那么，这艘船是原来的那艘船，还是一艘完全不同的船呢？如果不是原来的船，那么它在什么时候不再是原来的船了呢？霍布斯（Thomas Hobbes）又进一步将这个思想试验进行了延伸：如果用船上取下来的老部件来重新建造一艘新的船，那么两艘船中哪艘才是真正的原初之船？一个人的身份总是在不断地应对各种外部环境和内部思想的改变而相应改变，在这种自我修复和新陈代谢之中，旧我总是不断地自我颠覆和毁灭，新我总是不断地新生和裂变。因此，某个具体族裔身份的本质化说法从根本上来说，如果不是僵化心灵造成的暧昧，很有可能就是某种观念主导下的刻意强化。进而言之，一个人的学术进路其实也一样，不断开辟的"游击队员"也并不一定就丢掉了根据地，相反充实了他鲜活的生命和生涯。

　　我是 2011 年离开纽约的，直到那时尚未出版过任何专著，也还没有涉足当代文学批评，但这一切都在后来变得顺理成章。多年之后回眸那段生活于 136 街的日子，我确乎始终如同一个"游击队员"，游弋在人文学科各种细分领域中间，绿色大门破败不堪，却是一道开启新的生涯的旋转门。今日之我，昨日之我，不进行自我设限，而总是拥有一颗敞开的心灵。136 街的生活是一个缓冲，让我理解和沉浸于自主学习和自我提升，在未来的日子里成为无尽的滋养。

125 街

到纽约之后，生活变成了两点一线：白天到学校上课或者图书馆看书，晚上回到 136 街租的宿舍睡觉。我曾经跟朋友概括为"白天 116，晚上 136"——地铁 1 号线的 116 街是哥伦比亚大学，137 街则是城市学院站（City College）。

尽管中间只隔了二十个街区，但是 116 和 136 显然已经不是同一个世界——二十个街听起来似乎很长的样子，其实走起来顶多也就是二十分钟——而把它们分开的就是 125 街。125 街是个东西贯通的大道，站在阿姆斯特丹大街和 125 街的十字路口，可以看到北面有个 Mink Building，上面写着"Where downtown meets uptown"。

其实从地理上来说，哥大也就是上城了，但是如果从文化心理上来说，过了 125 街才是真正的哈莱姆的上西区。这是个很有趣的问题。125 街绝对是个值得做个民族志的地方。在我没有来之前，就听到有关此地黑人的种种可怕传闻。不过 136 街并不是黑人的聚居地，这里大多数住的是拉丁裔的二代移民，除了在周末喜欢开着大音响开派对之外，倒也老实。

第一次去 125 街，是一个从俄克拉荷马过来的朋友喊我一道去那里的一个店买东西。他带我绕了半圈，顺着阿姆斯特丹大街走到 125 街，我很奇怪为什么不从城市学院那里直接穿过去，他说那里不安全。半路看到一个建筑上写着"哈莱姆之心"，却是个救火队。然后就是著名的阿波罗剧场，据说迈克尔·杰克逊就是在这里起家的，他去世的那段时间，整个 125 街都是直播车。此时经过还可以看到附近的墙上都是涂鸦签名，最大的当然是：迈克尔·杰克逊！这一块就是哈莱姆区的中心了，街道两边遍布着各种各样贩卖图书光碟、印度香料的小摊和各类人物。

经过第七大道是一个小广场，我看到一个穿着西服、挺胸向前、颇有些革命风范的雕像，夜色中看不清。走近了发现，雕像底座写着 Jr. Adam Clayton Powell。坐在上面的两个老瘦的黑人冲我挤眉弄眼喊话，我也听不懂他们在说什么，他们就在那里自得其乐地呵呵笑。我打算过去细看一下雕像介绍的文字，室友不让我过去，说这里是流浪汉的天堂，我们走快点。Powell 是第一个进入国会的非裔，1945 年至 1971 年是纽约曼哈顿哈莱姆区国会议员，并在 1961 年成为教育和劳动委员会主席。2002 年，他被非裔学者阿桑迪（Molefi Kete Asante）写入一百个最伟大的非裔美国人名录中。

哈莱姆区名声在外，到现在，在我们这些外来者眼中还是个充满危险和怪诞事物的地方。真相什么样子，谁知道？过马路的时候看到一个器宇轩昂的高大女黑人，仿佛祭师一般头戴巨大的纱巾，手抱一本厚书，穿着奇艳，拖了个行李箱。室友说，这不知道是从非洲还是从哪里来的呢——好像这个女人的出现恰恰证明了此地果真如他所说，是个怪胎遍地的所在。

其实哈莱姆的这种刻板印象的形成也并不很久，直到 20 世纪初年，这里其实还是富人区。最初在这里定居的是荷兰殖民者，然后是法国和北欧的殖民者后裔——我现在住的房子就是有一百多年历史的弗兰德式老建筑，以前荷兰富人的住宅，如今充满了墨西哥、波多黎各的移民和我这样的亚裔留学生。

好莱坞电影勾勒一般人对于纽约的浪漫与自由的想象，但是当我每天走在路上，看到那些肥胖无比、走路两个屁股都几乎要挤得咯吱咯吱响的黑人时，现实会直接暴击而来。我也因为拜访同学去过几个贫民黑人家中，氛围总让我感到压抑和恐惧，可能是我自己的心理偏见造成的。正好这期间第八十二届奥斯卡颁奖，我注意到其中的一个叫作《珍爱》(*Precious*)的电影。这是个残忍的故事：1987年的哈莱姆，底层的黑人少女，肥胖、丑陋，被母亲无端责骂，被父亲强奸生子，然后，她还发现自己感染了艾滋病。从学校里逃离，却无法逃避生存的环境；心灵短暂在幻想中抽离，身体却只能无休无止地在现实炼狱中饱经折磨。

女孩的名字叫作"珍爱"，这是语言命名对象征世界的反讽。她并没有被任何人珍爱，她被同样是底层黑人的街头男孩毫无来由地羞辱。家庭也不是港湾，社工带来的温情无法进入腠理。那个惹人讨厌的母亲说："我活得太累了，你是为爱你的人而活。"珍爱说："爱没有给我任何好处。爱殴打我，强奸我，骂我是畜生，让我觉得自己毫无价值，让我恶心。"

皇天无亲，天地不仁；没有体恤，缺乏关爱：这就是残酷生活的本来真相。我本来不喜欢此类"被嫌弃的××的一生"式的苦难叙事——这种惨剧的哀痛及至麻木的经验，在中国的历史与源远流长的苦情戏中，已经出现得太多。《珍爱》还是能让我注意，主要是因为我每天都可以看到无数类似于珍爱以及她的母亲那样的臃肿、木讷、行动缓慢的黑人。以前通过片段知识结撰出来的有关黑人的不无偏见的刻板印象，在謦欬相闻中慢慢改变，对于从耳闻得来的想象渐渐及于亲身观察的同情。

如今的哈莱姆与《珍爱》里的三十年前自然有所不同，但是显然没有那么大，依然是少数族裔的聚集地，只不过可能多了些拉丁裔混居，当然中国人也不少。这些人共同的特点就是低阶层、低收入、少数族裔、有色人种。

不过中国人大多是留学生或者做生意的移民，勤奋苦干，仿佛是新一代的模范公民"陈查理"。其他族裔就我个人所见，基本陷入一种绝望之中。我的邻居们似乎大部分没有工作，整天游手好闲，也没有钱去酒吧或者其他娱乐场所潇洒，只能在门口闲晃聊天。晚上很晚，他们还三三两两地在街上晃悠——不是波德莱尔说的巴黎街头的有产阶级的或者艺术家哲人式的"游手好闲者"，它们仅仅是晃悠，没有目的，没有激情。这样的环境与 1987 年珍爱的生活环境似乎并没有太大的差别，三十年过去，好像人物还像那些人物，氛围还像那个氛围。

《珍爱》改编自一位街头艺人兼黑人学校的教师萨菲尔写于1996年的小说《推动》（Push）。导演丹尼尔斯说："黑人在美国永远是少数族裔，永远是二等公民。别看现在美国有了一个黑人总统，但是非洲裔的黑人还是备受歧视。无论是教育、医疗还是别的公共设施的享受上，都要比白人差上好几个档次。我拍摄这个电影，一方面是因为原著小说对我的影响很大；二是希望人们来重视黑人的生活、黑人下一代的教育和心理问题。对于我个人来说，萨菲尔的这本名为《推动》的小说非常重要，它的重要性远远超过了亚历克斯·哈里的《根》。因为对于我们这一代移民而言，祖先和家族是一个遥远的概念，他们是如何被运送到北美大陆来做奴隶的，和我们当下的生活并没有直接的联系。我们考虑得最多的就是当下的生活。"

这话是不错，但是所有的"当下的生活"其实都是有"根"的。比如我们在《珍爱》中所看到的父亲强奸女儿的情节，这种骇人听闻、让人齿冷的兽行，如果仅仅从个体精神人格或者黑人群体伦理方面来看，固然不无道理，却仅是肤浅的人云亦云。很久以来，有关黑人的好色、野蛮、暴力、道德匮乏的刻板印象已经通过舆论领袖和大众传媒日益深入人心了。如果不去寻找其深层的根源，那不过是在为这个世界的话语侵犯多加了一层帮凶而已。

孤立地看许多匪夷所思、令人难以置信的当代社会现象，很可能百思不得其解。而其实它们的根源早已植于历史的某个节点，如同潜伏的病毒，草蛇灰线，绵延至今，时或不时地在岁月的苍穹下肆虐张扬。它们平时掩藏在社会的皮肤之下，踪迹不见，一旦当特定的温情面纱被撕破，它们就会露出狰狞乃至恐怖的面孔。当代社会生活的无数侧面都显示了这些文化无意识的存在，125 街的当代现实不过是其中的一个部分。

1862 年 9 月，林肯发表《解放黑人奴隶宣言》，第二年又正式命令解放奴隶。但是黑人并没有得到政治权利，也没有得到土地。南北战争后，美国开始了对南方的军管，并扶持废奴势力进入州政府，但是黑人的生活却不比战前好：一方面是突然得到公民权，但是经济上根本没有独立，无法维持生活；另一方面，白人种族歧视反而变本加厉，以至于出现了像3K 党这样的白人至上主义团体。

整个 19 世纪后期，美国黑人的公民权利受到州和地方歧视黑人的法规和惯例层层约束和限制。在日常生活中，美国黑人常常被隔离开来，不能充分参与美国社会生活，甚至在一百年后仍然和奴隶一样被剥夺各种权利，他们生活水准的提高与国家的发展并不相称。20 世纪五六十年代的民权运动似乎带来了一线曙光，但是当年运动最重要的成果之一《平权法案》如今面临重重危机，贝尔大法官甚至提出重写当年作为民权运动成果的经典布朗案，因为该案的判决虽然在纸面上推翻了法律上的种族隔离制，现实中却承诺了很多，实现的很少。

回到《珍爱》中父亲强奸女儿的情节上来，我和专门做美国少数族裔研究的一位教授聊过，她认为这是一个历史遗留问题。在美国的黑奴时代，黑人男女是不允许正式结婚生活在一起的。当然，奴隶主很快发现奴隶的婚姻和家庭关系是一种奴隶制的稳定因素，能降低黑奴为争夺女人而发生的打斗，并能削弱他们逃跑的意向。但是，如果奴隶家庭形成牢固的纽带，又是与他们的地位不相适宜的，是对主奴关系的一种威胁，并会在出售奴隶时带来不必要的麻烦。于是，奴隶主试图将奴隶的家庭纽带保持在不至强大到干扰奴隶制本身的限度内。他们不准奴隶使用姓氏，甚至连奴隶使用"我姐姐（妹妹）"或"我母亲"这样的称谓都可能遭到惩罚。

这一系列的因素造成了黑人文化中家庭观念的淡漠，或者更准确地说，其家庭观念与主流文化比如基督教文化中家庭观念的差异。父亲与女儿之间的乱伦在其文化中并没有形成严厉的禁忌。延及今日，虽然掺杂了诸多当代更为复杂的性别、经济、欲望，以及欲求不得满足与寻求弥补等相互纠缠在一起的因素，但无可否认的是奴隶制在形成这种道德伦理观念中所起到的深刻的作用和影响。这是种族主义隐形的历史遗产。

存在的就是合理的，并不是说合乎趋利避害的正义，而是说都可以从历史的复杂语境中得到合理性的解释。这样的解释才是一切有为的变革的开端。《珍爱》里的黑人父女的乱伦放在宏大的政治、经济、文化、社会话语中，只不过是一个细小的节点，如同衣服上的一个毛刺，但正是这个毛刺，骚扰着、刺激着整个机体，让它瘙痒、隐痛、不舒服。不理顺这个毛刺，就休想安宁。

125 街就是纽约的毛刺。

故乡即异邦

　　大雾迷蒙的早晨，我和父亲一前一后走在荒野小径上，说着闲话。难得的亲密时刻。我从小出门读书，很少回家，假期回来彼此交流并不多，父子间轻松散漫地一起去赶集的场合很少，更别说聊聊家常了，所以此刻我的心情很愉悦。湿气弥漫，四周苍茫一片，影影绰绰的，什么也看不清。上坡转弯的时候，迎面遇到了表姑妈，父亲的表姐。见到她，我和父亲都很高兴，父亲迎上去招呼她。表姑愣怔了一下，惊讶地望着我，又回身看我父亲，慢慢流下了眼泪。我很奇怪，表姑妈转过来对我说，你爸爸还不知道，他已经死了啊。

　　这个时候，我的心里清明起来，在怅惘中慢慢醒过来，想起来父亲已经去世快六年了，而我在他去世后就再也没有走过家乡那条去集镇的道路。外面天色浓黑，可能是凌晨的某个时分，我在黑暗中坐起来，下床，走到外间的阳台，点了支烟。从十五楼的窗户看出去，青黑色的苍穹笼罩在灯火明灭的北京，城市如同坚硬的礁石，纹丝不动地矗立在幽蓝广袤的大海之上，只有远处高楼顶端的红色航标灯闪烁不定。

一

　　人们同自己家乡的关系，往往混杂着普遍的矛盾：甜蜜温馨的记忆似乎并不能阻止冷酷无情的离别。只有眼界狭隘、抱残守缺的人才会觉得家乡完美无疵，而那些出走他乡之人的赞美与缅怀尽管可能是真诚的，也难免打上了时间与空间的滤镜。坚强的人四海为家，而最高级的灵魂则认识到个体情感与认知的局限，从而太上忘情。圣维克多的雨果会保有此种清晰的观念，一般人顶多做到随遇机变、唯适之安，而将家乡作为安放怀旧情绪的处所。在这么做的时候，他们或多或少带有逃离者的歉疚和窃喜。当家乡成为故乡，意味着家乡已经同他隔离开来，曾经的联系变得愈加稀薄，它慢慢隐退为一个审美的对象。

　　背井离乡、触景怀乡的故事并不新鲜，桑梓之地或者成为一世的守望，或者成为衣锦荣归的故里，但前现代时期因为羁旅、游宦、战争、行商的漂泊，并没有形成家乡与故乡的割裂。故乡大规模地被抛掷在身后，成为一个只供怀想而不再期盼回归的地方，无疑是现代以来的景观。村社地理、熟人社会、血缘与宗族所形成的诸种共同体，在工商业与城市化进程中纷纷土崩瓦解，人们为了谋求想象中更美好的生活不惜远走他乡。

我想我属于那种将家携带在身上的人。从识字之始，家乡的长川丘陵就开始渐行渐远，新鲜的外部世界洞然敞开，无数新的经验纷至沓来，让人根本无暇回顾那并不愉快的乡村生活，更遑论有闲情逸致去沉思过往。这倒不是一种个人主义的逃离，而是生活的巨大压力。这样的乡村青年一定不是少数，牵连着我们和故乡的可能只有亲情那唯一的线索，但我并不想从社会结构和流动的层面进行浅薄的分析，毕竟个人经验参差不齐，有的人对任何地方都无意流连，他们不一定是有世界的胸怀，纯粹就是情感迟钝而已。

2013 年正月初六，我在北京短暂处理一些事情之后，又回到六安，回到我曾经以为很熟悉实际上已然陌生的故乡。不是欢度春节，而是陪伴父亲度过他一生最后的时间——事实上，我也知道，这也将是自己在故乡度过的最后光阴。

节后春运刚刚开始，但是从大城市到小地方的车票还算容易买。我先到合肥，然后搭乘上海至武汉的动车，准备半路在六安下车。合肥离六安很近，高铁只要半个小时，人情风物已是家乡的氛围和感觉。火车站的人并不很多，很多农民工要过完十五才出门。我背着包在候车厅里找落脚的地方。旅客虽然谈不上拥挤，但有人把包搁在身体两边的椅子上作为垫靠，斜倚着，所以竟然没有空闲的位置。踱到大厅一侧时，我看到一个双眉紧蹙的中年人在阅读一本商务印书馆版的那种世界名著翻译本，仔细一看是亚里士多德的《巴门尼德篇》。那个人看上去有些落拓，像个平庸而不得志的大学老师，眉宇之间有种让人讨厌的瞧不上任何人的神情。在这种吵闹的环境中读这样一本书，未免有些牵强，就像他的眉头。我想我在此间别人眼中也就是这种角色吧。

从六安南站出来直接坐公交车去西站，打算搭乘下午三点钟往郭店方向经过火星和黄台的私人巴士——这种私家公交车是县乡一带的地方特色，并不由市里的公交公司统一管理，而是私人拥有的中巴运输车加盟到公交公司中去，缴纳一定的管理费，但自主性比较强，所走的路线不固定，是根据乘坐人员的多寡决定走哪条乡间小路。那些路是在"村村通公路"工程中修建的，就是在原有自然形成的泥巴路的基础上铺上沙石修筑的非常狭窄的双车道水泥路。

六安的公交车我几乎没有坐过，上车才知道是自动投币一元。我翻了翻钱包找不到一元钱。找个身边的人询问想换一下，也没有。我就先到后面坐下，打算定定神再找人兑换。这时候坐在我前排的瘦瘦的青年给了我一元钱，并且不要我给他的十元钱。他晃了晃手中的一瓶凉茶说："我也没有零钱，这是刚才在底下买了瓶水换开的。"他随身带了只青黑色的大旅行箱，可能是大学生，更像在外面打工回乡过节的青年，还没有在都市竞争的生涯中变得油滑和冷漠。

西站的车是对霍邱、叶集、固镇方向的，非常混乱，往我家的方向最合适坐的是到小镇郭店的一路车。往这个方向在这个季节有三班车，只有下午三点的一班经过我家所在的黄台村，否则就会从广庙村那里岔路开往另外一个顺河镇。我清晨五点起床，从北京赶到此时，水米未进，已经疲惫得很，懒得张口问人，就背着包在乱七八糟、破烂肮脏的中巴车中间寻觅。正巧听到司机拉客，有乘客问路线，就坐了上去。陆续有人上来，我看到一张认识的脸，是一个远房堂哥。两家离得并不远，但是我们这一辈来往不多，我们至少有十几年没有见过了。他长了乡村中年人的乱蓬蓬的头发，面上已经带有农民常见的沧桑表情，不过我很快就认出了他。他显然没有认出我，咕哝着向司机老婆——也就是售票员——确认这个车子的确切路线。这辆车原先是走丁集那条线的，如果走那条线，我回家就麻烦了，需要再步行十里地。幸运的是，那条线的乘客被上一辆车抢走了，这辆车为了揽客只好临时改走火星镇这条路。这个对我的幸运，对于司机夫妇无疑是不幸，他们等候了半天的乘客一下子被卷走了，所以泼辣的售票员一路骂骂咧咧，跟乘客数落前一辆车车主的不地道。司机偶然故作宽容地让她别计较了，但是可以看出他自己心中也大为不满，只不过一个男人的面子阻止了他的破口大骂。

乡土的伦理礼仪也就是在他这样年近五十岁的中年男人身上还残存着，二十年来的外出务工潮流和近十年内的城镇化进程，已经极大地改变了地方的道德生态。这个季节，年轻人大部分已经奔往江苏、上海一带，他们在冬季时回来，带回的不仅是金钱，更多的是新学会的半生不熟的普通话和城市生活方式与观念。我在父母那里听闻这个远房堂哥也曾经在外面打工多年，这几年不知道因为什么原因待在家里。他的父亲和母亲都在苏州做清洁工扫大街，每个月收入约三千，那样的收入比在农村种田强。下车的岔口路西引水支渠上搭建的是一家杂货铺店，兼卖自产的豆腐，我打了十五斤豆腐提着，想着家里可能需要。店主认识我，就问我是不是从北京回来，我说是的。他叹道，那路费要不少钱啊！

父亲已经是癌症晚期，医院放弃了治疗，现在家里等死，这里面的无望和恐惧，让家里笼罩着挥之不去的抑郁情绪。我怕父亲的心智已经糊涂，就坐到床头问他还记不记得自己当年当兵时的部队番号，他说是南京军区直属独立炮九师十四团二营六连，番号六四一三师六四五七团五十六分队六连。这让我又莫名其妙地宽慰了一下，同时陷入一种难以说清楚的惆怅中：那是父亲一生最风华正茂的年代，他当然记得清楚。2009 年夏天，我路过江阴出差的时候，专门找到了父亲年轻时代生活过的那块驻地，部队已经撤走，番号早就不存在了，但是留下了几门对着长江的大炮，藏在杂花生树中间，成为偶然到来的游客们的猎奇之物。我在一个防空洞的坑壁上用石块刻下了父亲的名字。

　　夜里忽然天阴下雨，然后就变成大雪。我乡的农谚说："正月雷打雪，二月雨不歇。三月抄干田，四月秧上节。"此时下雪意味着三月会干晴，对春耕不好。第二天雪还在下，雪里听到门前河汊中发动机的声音，那个用电动船在河中打鱼的人想趁着雪捞一笔。父亲被疼痛折腾了一夜，白天开始睡觉，我松了口气，骑着摩托到乡医院去拿些药，回来的路上踏着荒村中平滑的雪地到河边去看那人打鱼。白雪无声落在水中，倏忽地消失不见，仿佛河流是个无穷无尽的黑洞。那个电动船则是游弋在太空中的飞艇，给寂静空旷的天地带来一丝活气。

　　师弟刘汀写过一本书叫《老家》，他说："当我谈论故乡的时候，我说的只是老家。"然而，我并没有老家的观念。和那些可以在故乡拥有静谧生活的人相比，我们这样的乡土少年注定要在这个迅速变革的社会中离家出走。很多时候，故乡在心中只是幻化成某个具体的意象：童年的明媚夏天，村庄东面的断河，青翠而酸涩的杏子，老屋后的竹林和大橡树……故乡是属于童年无风的岁月的。它和热情的七月有关，和七月傍晚烟霞中的蜻蜓有关。那时的天空无比晴朗，空气清新透亮，万物充满生机，大地一片绿意。我踩着翠绿柔嫩的鸭舌兰，拨开蒲草，脚下的沼泽噗噗作响，一个个欢快的气泡喷涌而出。天地间充满氤氲的气息，一如太古的初蘖。那时候我的眼睛明亮，血气充盈于胸间，现在却身心俱疲。我的脸庞因为长期的失眠而枯黄，我的胡楂如同茅草般涌起，我的面孔变得越来越模糊，失去光泽，没有力度。我想象在一根铁轨上描刻下七月蜻蜓的形象：灵动，鲜红，充满生机。那段铁轨因为年久失修，锈迹斑斑。我的手指在上面滑动，咯咯作响，铁屑散坠于草丛中。雾霭渐起，我的双眼朦胧。许久以后当我跌跌撞撞地走回到那段童年的铁轨时，发现那段铁轨已被洪水冲走，一点痕迹也没有留下。那一年的洪水特别多，空中老是飞舞着淡紫色的尘。我不知那是什么，大概是蝴蝶大批迁移时遗落的花粉。

那些鲜明而生动的意象是无可捕捉的精灵。我一直想把它们固定在文字中，但是每当面对电脑键盘的瞬间，心灵干枯得挤不出一丝水分。那时候，只听到思绪的碎片纷纷剥落，摔在地上泠泠作响。是什么使我汗流浃背，疲惫不堪，文思阻隔，不着一字，让我陷入长久的失语和无端的惘然？

我想，之所以无法在文字中铭写下那些意象，那是因为它们本来就是一厢情愿的悬想，被净化了的幻象。如同决绝而去不再回头的少年，故乡也同时拒绝了我们的回返。浪漫主义之后，知识分子的"返乡"几乎形成了一种原型母题，自我反思型的现代个体在重回故土的时候，往往会经历桃源不再的感伤式怀旧。记忆中渚净沙明、清新修洁的地方已经被现实涂抹得脏乱不堪，外在的风景如同破旧的衣服一样凋敝，人情风俗也变得面目全非。他亟待救赎的情感找不到落脚之处，只能仓皇逃离。但这个故乡其实是心造的故乡，正表明了这个人与他的乡土的割裂，他从中生长出来，并且日益壮大，最终离去，故乡成了一个忆念中的存在，它与现实不再发生联系。所有的故乡在这个时候都成了异邦。

二

"人死了就跟这些烂芋头一样。"

堂哥说这个话的时候，踢了踢脚下那堆被寒冷天气冻糠心了的红薯。我们俩站在松树下，讨论即将到来的葬礼该如何处理。父亲已经到了最后的时刻，他自己应该也明白，只是人总归有着求生的欲望，所以我们也竭力避免谈论生死的话题。但我却不能不考虑即将到来的葬礼问题。

按照大多数亲戚的意见，土葬是最佳选择，但是火葬的政策在那里，偷着埋了也不是事情，如果有人告发，挖出来遗体再倒上煤油烧——此前有过类似的例子——那就麻烦了。堂哥是一个受过现代医学教育的理性主义者，他的意思就是烧了算了。

过了两天，在上海的二弟也请假回来，但是劳累奔波中发了烧。我坐着看护了父亲一夜，六点多钟二弟起床下楼来替换我。我睡了两个小时起床，吃了碗面收拾一下往丁集走，准备去那里乘车到四十公里外的市里采办一些物品，以招待家中来访的客人，当然更主要的是需要计划办理丧事时的用度。丧事与婚礼是乡民生活中的两件大事，前者尤为重要，必须早做打算。我希望运气好能够遇到镇上来接送四散于乡村的学生的私人面包车。如果没有车子，只能步行这十里地，然后在丁集镇找车去市里。

马店小学门口停了辆双排座小车，但是门口的小商店大门紧锁，车中也没有人。我只能继续往前走，心中有些发毛，真要这么走下去，到丁集也该快十二点了。好在刚过马店不多久，背后听到车响，一辆紫色小车子跟过来了，我招手上车，果然是到镇上接学生放学的山寨校车。我和司机聊起来，他很热情地把我从丁集新区送到大路。丁集新区其实就是平行着老街修建的一片规划很齐整的住宅区，清一色的四层板楼。这些新修建的房屋目标客户是附近乡村的农民。大部分农民都出门打工了，留下的多是老幼病残，农忙时才有少数打工者回乡劳作。我乡农民多去往江苏苏州、昆山以及上海一带，这几年产业转移，苏州的一些服装厂与婚纱厂搬迁到了丁集，季风式的民工也随之迁回，成为私营企业中的工人，无论如何，他们与土地的亲缘关系已经终结。这无疑是城镇化进程中的新现象：农民的土地和他们的居室分离，他们的劳动与栖息之地也发生了分离。

地理空间与身体行为之间的分离隐含着心理的分离，生活在家乡的农民在价值观上已经悄然被外部社会和新兴媒介所改变，表征了中国偏僻角落最基层的共同体单元出现了离心。在市场经济大规模到来之前，至少20世纪80年代前期，农民被城乡二元户籍制度束缚，很少有离乡离土的经验。父亲因为入伍当兵，属于为数不多有过外地别样生活经历的，但他那点微不足道的过往很快就在 90 年代以来大规模的外出潮流中贬值了。这是截然不同的两种流动。新生代的农民主动或者被动地被新的离心力甩出了原先的凝聚性结构，如同宇宙原点发生的大爆炸，还在膨胀过程之中，星云与星体尚未冷却形成。身体从其生成空间中剥离出来，却又无法摆脱周期性的复归——毕竟能够扎根于都市的是极少数，所以总是像候鸟一样在春节时候返回到乡里。他们的精神处于摇摆型的动态割裂中：每当割裂的伤口即将痊愈或者遗忘时，对于故乡的回归再次将其撕裂，因而这种伤口成为一种周期性发作的病痛。伴随着乡村土地的资本化，归园田居也失去返回的道路，故乡日益形象模糊，与之并行的是传统、习俗、心灵和精神的重新结构。

在丁集街头的风中这么胡思乱想的时候，下起了小雨。我跑到一家店铺里躲雨，条凳上已经坐了两个老几（我们方言中叫中年人为"大老几"）。一个头发梳得油光锃亮的中年人，穿着笔挺的西服套装，皮鞋都一尘不染，完全不像是刚从乡下上来的。另一位则是典型的农村老头，和这个小集镇的气氛和谐一体。老头穿了件宽松的黄军装外套，劳保棉鞋。我们交谈了几句，立刻打消了可能产生的对于乡土社会逝去的多愁善感的念头。事实上，新一代的农民（工人）只是如同任何历史上的潮流一样，内在包含着相当复杂的成分，利益诉求和生活追求也参差百态。与土地的分离自然而然地发生，并没有带来剧痛——哀悼沦陷的村庄更多是有闲者的怀旧与忧虑。也许是因为农民的短见和缺乏全局和统筹式的眼光，之前局限于一亩三分地，如今满足于工商业溢出红利，他们对现状并没有表现出杞人忧天的不满。这里面的复杂性不是任何个体浮光掠影的观察所能涵括，而遍布在中国大地上的多元性也使得任何个案都不能提供整体性的结论。这涉及一个经久不衰的知识分子难题：需不需要代言，究竟由谁代言，社会不同群落的共同福祉究竟如何确定。

从马店到丁集，司机收了我十块钱，钱集过来的公交车从丁集到六安也是十块钱，后者的路程大约是前者的三到四倍远，这就是地方上根据朴素的经济学本能依照供求关系发明的定价机制，大家都没有异议。从公交西站出来看了一圈，没有找到去市场的公交车，就招手喊了个的士，又帮司机招揽了三个人坐后排，我一个人付十块钱，后面三个一起付十块钱——这也是心照不宣的惯例。在市场购买葬礼接待吊客需要用的鸡鸭鱼肉以及纸竹鞭炮的时候，我的心里充满了荒诞感——我东奔西走操持这一切都并不是为父亲在做什么，而是为了活着的人，当他还躺在病床上的时候，我们已经在操办他的丧事。

我和母亲、二弟日夜换班轮流看护父亲，身体和精神在压力下都濒临崩溃。垂死之时，人总是会感到恐惧，父亲一定要两个人守在自己身边，仿佛要抓住人间最后的依恋，这时候他显示出孩童一样的执拗。癌细胞扩散带来的剧痛让他无法以一个姿势躺太久，一会儿就要我们抱着他翻个身，一边哎哟皇天地呻吟。我和二弟整夜坐在床边束手无策，常常是在凌晨三四点最困的时候，他叫我们打电话给堂伯来打杜冷丁镇痛。堂伯以前是乡村医生，如今我的堂哥子承父业，但是因为堂哥自己胆子小，夜里不敢出门——我想这也是一个托词，可能他也被父亲弄得疲沓了——他很冷静："你们也不必过于难过，我们每个人都要经历这一遭。"

我对父亲的一生并不熟悉，只是感到他很聪明，多才多艺，身上有一种我和弟弟都匮乏的理想主义和行动的激情。在亲友们罗生门式的片断叙述中，我只得到一些零碎的信息，了解的事情并不多。我知道他做过侦察兵、司机、榨油作坊的主人、农技站的会计，没有一项是长久的。在最后一个职业上干了几年，没有顶职就回乡自己养鱼——20世纪80年代还有"接班"这种做法，即符合条件的职工子女顶替父母的职位参加工作。父亲雄心勃勃，不想在爷爷的单位中做个处处被掣肘的小职员，回到黄台村雇用全村人拦着河汉打坝围成一个池塘。"专业户"的短暂生涯是他一生中最顶峰的时光。有了点钱，还主持修订家谱，这是他做过的最为得意的事情，鄂豫皖苏四省方圆几百里的人都来寻根问祖，记得那时候家中老是宾客盈门，门槛都快被人踩坏了，那是80年代后期。那时候，他还有闲情在无聊的时候画一笔在我看来几乎可以乱真的齐白石式的虾，拉几下胡琴唱《红灯记》，或者跟我们谈一谈《红楼梦》。

1991年的洪水是个分水岭，从此以后他的命运就急转而下。在那之前，父亲养鱼已经有几年的时间，几年都是积淀，1991年这年的鱼长得最好，膘肥体大，数量也壮观。偏偏是涨了洪水，将一塘的鱼都漂走了。我当时在外面住读，两个弟弟亲历了整个过程，我后来在二弟的一篇文章中看到他的回忆："洪水漫过堤坝，妈妈用铁锹扶泥，做成小堤坝，我跟在后面看，后来水涨高过堤坝足有一米，无可挽回。那时太小，不知道心疼，直至后来每每说起也没有太多的感觉。可是近来随着年龄的增长，回忆起这些，就隐约能体会到爸当时是有多心痛。1991年之后，再也没有养过那么好的鱼了。提起安徽经历的洪水，人们往往记起的是1998年的那场洪灾，但真正对我们家造成重创、对爸和妈造成沉重打击的是人们及媒体上没怎么提过的1991年的那场洪水。"大水先是淹没了池塘，直到次年家中还没有缓过劲来，第三年的大水又一次冲到了家门口。那一年的夏天我上初一，放暑假回到家，大雨滂沱中，父亲躺在床上背对着我，没有回身。我站在门槛里，用脸盆舀门外的水洗手。本来信心十足的父亲，经过如此三年，此后陷入了颓废之中。

一般人都会觉得家是个温暖的地方，在我和我弟弟的经历中却是截然不同的体会，至少我从来没有觉得家是港湾。也许是酒精的影响，颓废了的父亲常常会有无名的暴力，那些遭受暴力的戏剧化场景，亲历者后来回想都有种似真似幻的感觉。我曾经在"豆瓣"看到有个"父母皆祸害"的小组，心中虽不以为然，但也承认确实存在这样令人费解的亲情关系。现在我和弟弟在父亲榻前照料，随叫随到，已经毫无怨恨，这全然在个人的情性，也许民间流传多年的"棍棒底下出孝子"还是有一定道理的。两个弟弟都是学理工科的，与我性格爱好差异很大，但是我们都喜欢《燃情岁月》（*Legends of the Fall*）和谭家明的一部电影《父子》，都是关于父子的故事，内在里应该隐含了潜意识中的缺憾与想象。我们是在乡土伦理中长大的人，在后来的教育中也接受了个体道德的现代观念，但无法完全分开个体与家庭之间清晰的界限，那种更久远的关于情感与孝道的认知并不与理性相连，而是根植于血肉心灵深处。

坐在垂死的父亲的身边回想起少年事，我和弟弟都平静得很。那些曾经让我们在无数无法入眠的深夜中翻肠搅肚的痛苦，如今都好像已经是别人的事情了。我无法理解身边这个垂危之人幽暗的心灵，就像我无法参透人性数不清的秘密。我们是截然不同的两代人，他经历过最为激进与疯狂的乌托邦岁月，而我和弟弟则成长在改革开放与个体化时代。五六十年代与八九十年代之间的代际差别超过了以往任何时代，但并没有完全断裂，那种藕断丝连才真正让人痛楚。我们似乎"脱嵌"了，但并没有真正地"拔根"，有一种更为恒久的情感沉淀在心灵的深处。

父亲已经十几天没有吃东西，只是喝水，不知道为什么还会有粪便排出来。但是他的肛门括约肌已经失控了，必须用手把粪便抠出来。父亲一生强悍坚硬，此时却已经没有了尊严。他自己用手抠出来两团硬邦邦的屎给我们看，还说肛门烂了，然后毫无羞愧地让我们摸他的尾骨，说那里发热。这在外人看来肮脏可笑，在亲人那里则是深沉的悲哀。那些时不时会过来看望一下的亲戚与邻居们都已经不耐烦了，他们像是等待着父亲的死亡，以便尽到情义。父亲已经脱形了，腮帮完全瘪进去，使得嘴巴前凸出来，像个骷髅，眼睛深陷在眼窝里直瞪瞪地看人，模模糊糊的没有光彩。这是一副将死之人的面孔，让人难以直视。每次打完杜冷丁他略微安生的时候，我观察这样的一张脸，心中都升起浓郁的悲怆。他已经不像他自己了。但是他自始至终没有改变的强硬性格，完全没有任何影视剧中那样的感伤情境中的温情，带给我的只有卑琐、愁闷和焦躁。

不好过呢！父亲带着哭腔说。每隔十几分钟就让我们给他翻个身，为膝盖怎么摆放，会折腾几分钟。我和弟弟都不胜其烦，但是也无能为力。这是一个濒死之手，徒劳无功地试图紧抓着人间的一点点东西，浑然不顾其他。死亡的阴影很早就开始笼罩在他的头上，当还能自己上下走动时尚可以玩笑说置之度外，真的事到临头，人类的恐惧本能就轻而易举地俘获了原本就虚张声势的坦然。这种看透了的感觉，让我产生出一种浓郁的悲凉。

灯光照在院中的葡萄架上，旁边橘树的叶子显出一种跃跃欲试的青葱。空气中是油菜花的清新香气，与田野中的蛙鸣形成了完满的初春之夜。星空黝蓝，松树的浓黑阴影投在地上，我站在阴影里撒了泡尿，河道吹来的南风已经褪去了冬日的寒气，让人精神一耸。时间在悄然流逝，它催逼着衰亡，也孕育着生机。

有一天父亲对着窗户外面说，楸树发芽了！我今天感觉不错，也许这个病到春天会好呢！我才注意到不知道什么时候外面枯黄落叶的树木居然都泛青了，我们不知不觉已经在屋里待了三个多月。他说这个话时候的神情带着渴盼，希望我给他一个肯定。那是一种悲怆的留恋，带着侥幸心理，其实是根底里的绝望。我不敢回应他充满期待的眼神，无法欺骗他。我选择了沉默。这种无情无义的举动深深地伤害了内在的情感，让我在许久之后依然会梦见这个场景，看到他期盼的眼神，然后在内疚中醒来。

三

对于逝者，除碎片拼接，没有其他记忆方式。故乡的远去与亲人的死让我们的生活无法再完整，从此只能碎片地体验生活，像蜻蜓点水，当蜻蜓不再能飞了，腐烂化身为浮游生物，生活在水面底下，而事实上每部分水面也都只不过是片段。

2013 年 4 月 1 日是平常的一天，我原以为父亲还会撑几天，因为他的神智依然非常清楚。他执意要求医生加大杜冷丁的剂量，但是医生怕过量会导致他长眠不醒，不敢承担这个责任。我也拒绝了他，同时我也担心这些本来就不是正规渠道来的杜冷丁一旦用完，新的接续不上，无法阻止他下一次的疼痛。但是，我没有想到那次就是他最后一次打杜冷丁。日后在一些偶然的瞬间，我会忽然想起他临终时候的面孔，并且为自己没有能够满足他最后的愿望而懊悔不已。

他半张着嘴，眼睛看着斜前方的某个地方。我摸了摸他的头，还是温的，但是呼吸不知道什么时候停止了。他平静地离开了人世。在家乡的风俗中，死者的妻子是不能在他断气的时候在身边的，我不明白其中的道理，不过还是遵从了习俗。我让母亲上楼去喊熬了一夜正在睡觉的二弟，然后，掀开被子把他抱了起来。虽然很瘦，但是他的身体还是出乎我的意料有一定的分量。床的另一边地上早已铺好了稻草。我把他抱起来，轻轻放到草上。这次他是真正在民俗意义上去世了。这个过程叫作"落草"。

这个时候二弟已经下来，喊了附近的亲戚过来。我们一起帮父亲脱去衣服，用清水擦拭他的身体，换上寿衣。这个过程他的身体一直没有冰凉，以至于有个瞬间我觉得他没有死。我试着喊了他两声，爸，爸！但是他没有应，一点反应都没有。三姑父说，你把你爸的眼睛合上吧。我用手掌拂拭他的眼皮，把他的下巴也托着，抿起了嘴唇。

葬礼在乡土中国应该是最重要的事情，比婚礼还要隆重。我不懂这些习俗，完全听命于亲戚的指示行动，在做这些事情的时候，既没有伤恸欲绝，也没有如释重负，非常平静，就像面对不得不面对的命运本身一样。接下来的各种琐碎的事情让人根本没有心思去悲伤，当你无法改变的时候，你只能去承受，这个时候的号啕与泣泪反倒有些不合时宜。它们是旁观者的抒情和表演，于死者和死者的至亲并没有太大的关系。

这是下午四点多，仲春时节的暮色很快就要降临。我和二弟分头打电话通知嫡系亲戚，一边放鞭炮告知乡亲，点上供香，在瓦盆中点着路头纸，一边叩头迎接前来吊唁的亲友。乡里管民政的部门可以租到冰棺停放遗体，此际的天气并不炎热，但按照亲戚的指示还是打电话租了，这些事情是做给外人看的，必须让死者有尊严，生者才有面子。大姑先从市里赶回来，晚上七点多三弟从合肥赶回来，这时候院子里已经在亲友的帮忙下搭起了临时的孝棚，拉上电线电灯，摆上桌子板凳茶水香烟。姑父和二舅分头开车去集市采购明日接待宾朋的果蔬鱼肉，妯娌婶娘们则开始清洗碗筷、杀鸡切菜。凌晨时分，小姑一家从上海开车才到，我和弟弟、表弟四个人围着遗体铺上草，守在棺材旁边"焐材"。

按照姑妈的意思，不想过于草率，所以第二天要停在家中一天。这一天我找风水先生勘察了地，据说太岁在西南，所以选了东北方高岗上黎家的一块老房基地做坟。黎家两兄弟是外来户，老二家全家已经进城打工买了房，原来的老房子推倒，只剩下一片废墟和房前屋后的稀疏竹林。地点就在竹林前方的地里，现在这块地是黎家老大所有。"秀才学阴阳，不要一晚上"，风水我也略懂一点。这块地是好地，用阴阳先生的话来说是"前有来龙，后有靠山"，就是前面对着大河，后面则是高坡。他其实还没有看到地的两侧是两道"冲"，也就是一级一级的梯田递嬗着延伸下降到河流的洄湾处——这种地形唤作"白鹤亮翅，步步高升"。不过，风水也总不过是自我安慰的意思，整个世界都已经祛魅，怎么还会留下一块怪力乱神统治的土地呢。

一位叔伯让我带上一条烟两瓶酒和他一道去黎家老大那里去求这块地。我乡的风俗，如果丧家看上了那块地，主人一般都会直接奉送，不去计较，但是出于礼仪，主家还是要上门磕头求地。我从高岗上下来，沿着用耕田机翻过的玉米地往下走，这块地已经被承包，都种上了油桃树苗。旱地坡下的水田也干涸皲裂，布满收割后经冬变成惨白色的稻茬。爬上另一面的高坡就是黎家老大的家，我有孝在身，不能进别人家门，就在外面等候，叔伯去洽谈。事情很顺利。

三弟也打来电话，说八名"举重"找好了——"举重"就是抬棺人，是葬礼中非常重要的角色，因为他们负责打井（挖坟坑）、抬棺、烘井（就是用茅草和草纸在坟井中焚烧，烘干土里深层的水汽）、落棺、包坟。这些召之即来的人是皇天下后土上的人间厚道。

回到家里，竹马纸轿之类也都送来了。这些东西本来应该"五七"过后上坟时候烧，但是，过两天就是清明，我们这些从外地赶回来的孩子也无法一定能在一个多月后再聚齐，所以决定先烧了。这些纸做的物件包括高头大马、楼台亭阁、丫鬟小厮之类，寓意着逝者在另外一个世界的生活。现在与时俱进了，除了原先那些东西，还有纸电话、纸电冰箱、纸电视之类。这在风俗中叫"烧灵"，同时还要用逝者的裤子装满草纸扎起来一起烧掉，其他的衣物则丢弃在旁边。烧完"灵"，几个儿子要飞快地跑回家用孝巾擦拭棺材上的灰，这被称作"拭材（财）"，谁先跑到棺材那里谁先发财，谁擦的地方大，谁发的财就越多。这些不知道是什么时候形成的传统，不过我和弟弟还是遵循了，也许我们的子女一代就不会有这些繁复而又充满讲究的风俗了。我们会直接从医院进火葬场，然后被装入一个小盒子，送进公墓，再后来可能会在晚辈的遗忘中被弃置到垃圾处理中心。

第三天凌晨四点，我们起来洗脸，准备早饭，招待一起去火葬场送葬的客人，大约有几十辆车。父亲一生孤傲，不怎么与邻居亲友来往，这个季节村中人大多出门打工了，不知道怎么还来了这么些人。有的不熟悉的亲友是闻讯从外地赶回来的，生死事大，他们要送一送也许同样并不算熟悉的故人，然后离开。这是礼俗社会根深蒂固的传承，即便在更年轻一代那里有所淡化，也并未全然消逝，所变的只是形式。敬天法祖、慎终追远是上古以降的传统，但民众的祭祀从来也不过五服三代——活着的人有自己的生活，他们回眸过往，却不会长久停留，而是收拾行囊，再次踏步向前。

送葬风俗是先由一辆车开道，运送冰棺的车其次，其他车跟在后面浩浩荡荡。这是为一个人一生中最后一次送行，所以无论认识不认识、平素有无交情往来，车队经过时，邻路开门的人家都有义务放一挂鞭炮，这是风烛残年的古老乡土依稀尚存的深情厚谊。因为原先计算过路上经过的人家，我们准备了一辆车大约七十挂鞭炮和几条烟——人家放炮送的时候，亲属这方要放一挂鞭炮还礼。放鞭炮由堂哥和三叔专门负责。我作为长子，则要下车磕头拜谢，并送一包烟。车子开过傅家、横大路杨家、上庄子我已经不知道姓氏的人家、白土岗辛家，最后上了大道才少一点。十里外的火星镇是我祖母的老家，父亲有几个表兄弟早在街头迎着。又六十里，过了窑岗嘴大桥，市里的表叔的车也停在路边候着了。沿路的鞭炮声让人间恍若节庆。

一路到火葬场，已经七点多，办理手续，骨灰火化出来的时候，我和三姑父、二弟进去把骨灰收拢起来，分头、身、腿三部分用红布包好，装入预先准备的纸箱子中。二弟撑着伞遮住我抱着的纸箱子，走出来上车回家。即便是火化了之后，骨灰依然要装入棺材埋入土中，这是转型中国最诡异的政策应对方式，也是中国民众最深沉的乡土眷恋之情。

八位"举重"在我们去火葬场返回的过程中已经按照方位挖好了长方形的坟井。入棺也有仪式，骨灰放入后，要再放一些剪去扣子的死者衣服。我和二弟、三弟是儿子，每个人要脱下左脚的袜子放进去，还要脱下一件贴身的衣服放入。封好棺，先要斩一只活公鸡，然后八人齐声吆喝上肩。我扛着连夜托人赶制出来的招魂幡在前面引路，弟弟扶棺，堂兄在一路放鞭炮，绕道从大路往坟地走。一路上逢到拐弯上坎后的平坦地方，领头的"举重"就带头"显叫"，类似于劳动号子，"嘿呦嚯"，其他人和"嚯——"，连喊三声，继续前进，有一种荡气回肠的气氛。我也不明白其中的道理，也许是为死者壮行的意思。

整个葬礼的过程，妇女都无法参与，她们只能戴着孝布帮着打杂，临到最后坟包好后，才大家一起来放鞭炮、烧纸、磕头。入土为安，最后连众人送的花圈都一起放入火中焚烧，仿佛一个终结的仪式，一切都归于尘土。但是，当我试图像一个民俗学者或者人类学家一样详细记录葬礼的程序与环节时，我发现这是一个不可能完成的任务，永远无法描绘，所有的只是阐释。那些仪式是过去的惯性，延伸到当下，已经出于各种便利的考虑而简化，它们既是旧俗，也是新变，或许传统就是在这个意义上生生不已的。我只是受到了一次前所未有的教育，它让我知道那依然活在大地上的传统具体而微的所在。

这是我生平第一次亲身参与的葬礼，故乡的风俗我和弟弟都不甚了了，只是按照长辈的吩咐照猫画虎，从中也可以感受到那种在都市里暌违已久的乡里的古道热肠。那些自发来帮助打杂的邻居，在自家门前放炮送行的陌生人，他们知道逝者的儿子终生也不会认识他们，他们只是尽自己的心，所有的举动都成为他们自己的凭吊。我和他们原先就不甚熟悉，以后也终究还是陌生人。故乡的土地埋下了我的父亲，后来又埋下了我的祖母、我的祖父，但是不会埋下我，不会埋下我的弟弟。和故乡的联系终究将一点一点地切断，最终丧失殆尽，它会退化成内心中看似鲜明无比其实不过似有若无的一个意象。那个时候，只能以回忆风景的眼光去忆念它了，它会完全变成一个异国他乡。

又或许故乡和父亲都早就死了，但是我们都还不知道。就像我在北京深夜梦见走在乡间小道上的父亲，热情洋溢地给他的表姐打招呼，还不知道自己已经去世很久。我从来没有理解过故乡，就像我从来也没有理解过父亲。只是他的幽灵会不时造访，提醒我一次一次回返那已经远离的故乡，让我明白夏多布里昂所说的箴言："每一个人身上都拖着一个世界，由他所见过、爱过的一切所组成的世界，即使他看起来是在另外一个不同的世界里旅行、生活，他仍然不停地回到他身上所拖带着的那个世界去。"

多年后春日的一个上午，偶尔读到远藤周作的《深河》，小说的开篇是一个医院的场景，癌症晚期的妻子将脸转向病房窗户，望着远处枝繁叶茂、宛如怀抱着某种东西的巨大银杏。她告诉丈夫："那棵树说，生命绝不会消失。"我想起父亲临终前看到楸树发芽时所说的话，泪如雨下。

是的，父亲以另外的方式存在，故乡以异邦的形象出现，而生命绝不会消失，它们都背负在前行之人的身上。

从三味书屋到春晖中学

　　只要是受过初等教育的当代中国人，几乎没有不知道鲁迅的，而知道鲁迅的也几乎都读过《从百草园到三味书屋》和《故乡》。1919年鲁迅回故乡绍兴搬家，后来写出了著名的《故乡》，成为现代乡土文学的滥觞。记忆里诗化的原乡与现实中破败的家乡形成激烈的碰撞，让归乡者黯然神伤，在离去时想象一个未来理想的故乡：这已经沉淀为一个现代中国人稳固的情感结构，直至当下，依然如此。

　　我也正是基于此，认识了绍兴，认识了鲁迅少年时代生活过的地方。但我从未到过绍兴，数次机缘都因为种种不凑巧而错过。在《故乡》发表整整一百年以后，我终于来到了这里，放眼山水与城市，却完全没有当年鲁迅感受到的那种萧索破败。一百年间天翻地覆，绍兴依然山明水秀，却在乌篷船、青瓜蔓、密布的溪水山间崛起了无数楼群、高速公路和工商科技企业。

　　但是，鲁迅的《故乡》是不朽的，经过他的书写，绍兴不再只是一个地理空间，也是一个文化场域；不仅仅是鲁迅、蔡元培、秋瑾、王阳明、贺知章、王羲之的故籍，更是一切现代人、所有感受到田园牧歌共同体遭遇现代性变革的流散者的故乡。而鲁迅却从来没有留念与沉溺在怀旧的、温情脉脉的退行性乡愁之中，他有大魄力，有锐利的眼，有开阔的胸襟，向往着"新的生活"，并为此踏路前行。今日所见，见证了先贤的理想、努力、奋斗之真实不虚，"走的人多了，也便成了路"。

　　从百草园到三味书屋的鲁迅故里，如今连缀成一个完整的景区，建筑与道路修葺整饬，河流与桥梁翻新如旧，艳阳高照下，游人如织。这是一个全新的文化创意产业区了。百草园中"碧绿的菜畦，光滑的石井栏"还在，但"高大的皂荚树，紫红的桑葚"却已经换成了几株楝树，菜畦上攀满了南瓜的藤蔓，快要到了收获的季节。可能还有蝉鸣，但我没有听到，也许被鼎沸的人声掩盖了。

　　穿过新盖的"越青堂"出门，道路依然，两边是热热闹闹的商店，不多久跨过一道石拱桥，就是三味书屋了。这个老私塾并无多少可观之处，无外乎课桌照片之类，有意思的是后门外壁上题了一首四言诗："栽花一年，看花十日。珠璧春光，岂容轻失？彼伯兴师，煞景太烈。愿上绿章，飙霖屏绝。"落款是寿云巢，鲁迅当年启蒙老师寿镜吾的父亲。这首诗是为旁边栽种的蜡梅写的，但格局颇大，气度不凡，既有珍惜时间的勉励，又有呵护学子的爱心。我记住了这首诗，但对建筑与景物倒没有太大感触，如果没有鲁迅的文字，它们就是普普通通的过去的事物而已，可见文学还是有力量的，它是一种文化的魂魄。

绍兴的文化实在是丰富，我下榻的绍兴饭店建筑群中就夹杂着历史学家范文澜的故居。范文澜是范仲淹后裔，所以中堂树"清白堂"三个字，正是范仲淹当年贬任越州知府时所立。范家后世以责己恕人、先忧后乐为家风，绍兴人文积淀可见一斑。中午我进去参观时，居然一个游客也没有，大抵是因为周围的名人故居实在太多，名头比范文澜大的也所在多有。此地在宋以后名家辈出，近现代以来更是风流荟萃，不胜枚举，究其实，经世致用是表与用，重视文教是根与本。

下午去上虞区的凤凰山考古遗址游览，青瓷龙窑可以追溯到东汉，果然无愧于"瓷之源"的名号。但令我印象最深的却是小越横山白马湖畔的春晖中学校。此校前身是 1908 年本地乡贤陈春澜创办的春晖学堂，新文化运动兴起后，1919 年，他又委托王佐、经亨颐续办中学，1922 年招生开校。我在校史介绍中看到许多熟悉的名字：夏丏尊、丰子恺、匡互生、朱自清、朱光潜、弘一法师、胡愈之……这些一时俊彦都曾在此任教、求学或居留。在这样一个偏僻山乡的私立中学能会聚如此之多的高人贤达，实在令人讶异。我当时心里起的第一个念头是，如果谁要做一个论文讨论，"春晖中学与中国美育"就是一个很好的选题。因为以前读文艺理论研究生的时候，朱光潜、朱自清和丰子恺，从理论到文学到音乐、美术，都是绕不过去的人物。当然，旋即我就开始暗笑自己的职业病，可能早有人做过类似的研究，事实上前面这几位先生自己也曾作过白马湖相关的散文和诗歌。

现在的春晖中学在原址上扩建，有五百亩，早年的仰山楼、曲院、图书馆、矩堂都悉数保留使用。这些老建筑最有特色的地方在于它们都通过游廊连缀在一起，典雅而方便，让人不由想起欧美那些百年老校的楼宇。校园位于湖中洲上，绿水环绕，有石拱桥通往后山麓，那里曾经是教职员工的宿舍。校园里也有一口硕大的池塘，荷叶田田，晚风吹拂，绿树婆娑，真是羡慕这样的好环境。我与学生聊天，知道这个学校现在有一千八百多学生，每年光北大、清华就能考取八九个，仅从通行的升学率世俗眼光看，也确实无愧于名校。

从春晖中学出来，绕到白马湖对面去一个农家院吃晚饭。走一条田间小径，一边是湖水，荡漾的碧波上停歇着归泊的渔船，远处灯影下是影影绰绰的苍山；另一边则是山脚的稻田，稻穗沉甸甸，可能是晚稻，也快到收割的季节了。路灯下的小道显得静谧安详，柚子树披展着茂密的枝叶，我忽然闻到一阵熟悉的味道，那是少时在家乡田野中时常闻到的气味，焚烧野草的味道，瞬间就激起了一种乡愁。

但是，我的乡愁其实也和鲁迅差不多的，没有多少留念的意味，只是感慨此地生态环境的良好，城乡之间并没有形成鸿沟般的隔阂与差异。整个绍兴尽管文化资源丰厚，但主要的支柱产业是纺织、印染等轻工业，乡土中国向城镇中国最早的转型也正是起源于东南沿海这一片，只不过绍兴的文教盛名遮蔽了这一点而已。

从三味书屋到春晖中学，实际上是"老中国"迈向现代中国，在教育上的缩影。由鲁迅那里就开始逐渐走出了之乎者也，走向了现代美育、数学与科技，才有了今日我所见的绍兴全新的风貌，也才有可能在重新回味《故乡》时泛起别样的乡愁。

离开绍兴去机场的路上，偶尔看到一个船桨与帆抽象组合的巨大雕塑，查了一下，原来这就是绍兴的城雕"启航"。这个意象非常棒，乌篷船的元素含蕴了绍兴舟船承载的历史，而其恢宏刚劲的气势则显示着这座城市想象与实践的魄力。

源村的启示

　　从金沙县城去往源村的路上，天上云朵盘旋，太阳在云层背后明灭不定，远处连绵起伏的山丘上叠映出深浅不一的绿色，鸭黄、嫩绿、深绿、墨绿，偶尔从天穹中直射下一束金光，仿佛宇宙幽深之处传递来上天的启示。这是一番神奇的景象，与车轮底下盘旋不已的山路构成鲜明的对比。如今的山路已经修得很好，没有碎石、泥泞或者崎岖不平的路面，仍然会给人险峻之感，可以想见，倒退回十年、二十年甚至更远之前，生活在群山丘陵褶皱处的人们，进山出山是多么不易。出门去自家分散在平坦之处的田地干活，路上也要耗去许多无谓而无味的光阴。

　　这是赤水与乌江之间的干热河谷，此地的好处是产酒，在这狭小的三角地带孕育了中国最好的酱香白酒：茅台、金沙回沙、习酒……数千年来因为环境的封闭，好酒也怕山路遥，当地那自足而稳固的生产与生活形态并没有发生明显的变化。事实上，那种封闭的自足本身蕴含许多无奈与孤独的成分，他们对外界所知甚少，而外人对他们也无所用心，那些晦暗不清的人生与内心只是蜕化成历史中的几个词语以及羁旅游宦之人留下的典故：夜郎自大、黔之驴、龙场悟道……这些并无助于理解今日的贵州、毕节、金沙和源村。

如果没有金沙酒业的老酒窖厂，源村就是一个坐落在丘陵伏地、平淡无奇的山村。我们跟随《人民文学》组织的活动，去访问金沙回沙酒业的扶贫点。活动在镇政府的院子里举行，给贫困户每户发放一袋米、两桶油、一床被子、二斤酒，这个仪式性活动简单而欢快，大家都很高兴。但我知道，其实这也仅仅是一个仪式，真正的扶贫不是发点实物就完事这么简单，一定有更为复杂而持续的举措。

这几年的扶贫攻坚在全国范围内取得了很大效果，各地自然环境、资源和传统不同，也会有不同的形式。就我走过的许多地方来看，从东北到华中，从西北到西南，普遍有种城镇化模式。比如路过遵义播州，看到鸭溪镇也盖了鳞次栉比的商品房，那不过是个小集镇，房地产商盖这么多房子，都是卖给附近的农民。这无疑是近几年随着城镇化进程出现的现象：

农民的土地和他们的居室分离。

农民或者常年在外地打工，或者只在农忙时回乡劳作，和土地的亲缘关系已经终结。在小城镇买房子的好处在于，一方面由于现在绝大部分是独生子女，买了城镇的房子，如果孩子大了，离开本地，父母容易转手房屋，跟随孩子迁徙；一方面也是城镇本身有很多生活、医疗、交通、教育的民生便利，而现在的乡村道路水泥化之后，居住在城镇的农民骑着电动车下乡去种田也很方便。在鸭溪这样的小街头买房的还算是不太"成功"的农民，那些做生意略有积蓄的，都在毕节、遵义甚至贵阳买房子，县一级的公职人员一般也会在市内买房子：工作处所和居住处也是分离的。

这种物理和地理的分离实际上表征了心理的分离，中国偏僻角落最基层的共同体单元出现了离心的现象，新生代的农民自动或者被动地被资本的离心力甩出了原先的凝聚性共同体结构中，前赴后继地奔赴到资本运行的第一线，充当生产线和消费渠道中的一个环节。因为身体从其生成空间中剥离出来，却又无法摆脱周期性的复归——毕竟能够扎根于资本都市的是极少数，所以他们的精神处于摇摆型的动态割裂中：每当割裂的伤口即将痊愈或者遗忘时，对于故乡的回归再次将其撕裂，因而这种伤口成为一种周期性发作的病痛。伴随着乡村土地的资本化，故乡也日益形象模糊，以至于失去返回的道路，而在城镇中暂时获得一块没有根的住宅，与之并行的必然是有关传统、习俗、心灵和精神的重新结构。

不过，源村倒是让我看到了另一种可能性：依托本地既有资源，发展特色产业，农民没有离开自己的故乡，这样既在一定程度上保持了传统的生产生活方式没有割裂，也让经济得到了提升，分享改革带来的红利。费孝通先生 20 世纪 80 年代的时候就归纳过离土不离乡的"苏南模式"和离乡又离土的"温州模式"，这两种模式在长三角、珠三角以及进城民工那里多有表现。近年来又出现了城郊代耕农或者季节性的麦客那样的离乡不离土的现象。在源村这个最基层的地方，我们可以看到西部山区同样可以发展出自己的离土不离乡的内发型样态，这是新时代乡村综合发展的勃勃生机。

源村已经有接近四百年酿酒的历史，新中国 50 年代就成立了窖酒厂，如今还在运作，只是在城关镇大水村又扩建了新的厂区。整个镇子里终日弥漫浓郁的酒糟香气，在烈日下让人不禁有微醺的快感，就如同蒸蒸日上的乡土经济转型。以酒厂为中心，源村实际上形成了一条以酿酒业为中心的完整生态经济链条：作为造酒需要的原料，农民播种的红缨高粱，收购价已经远高于一般农作物价格；酿酒形成的酒糟，用来喂养本土产的肉牛；牛粪经过干湿分离后，又成为培植茶树的肥料。尽管关涉工业和商业，但这是绿色工业和商业的结合，对于青山绿水共为邻的生态并没有形成损害性的开发，反倒有利于维护传统的延续性与经济的上行之间难得的并行不悖。这个小小的生态圈延伸到城关镇，扩大到整个金沙县，乃至赤水河三角洲地带，成为区域经济形态的一个隐喻。

返回县城的路上，经过偏岩河，两岸高耸的陡峭石壁下一泓碧玉般的清流，曲折于山间，阵雨落下，水面上激起细密的涡坑，河边垂钓的人静静地坐在那里安然不动。我正疑惑他们为什么还不动身，雨点又住了，太阳从云后展露出璀璨光华，让云彩如同镶嵌了金边，仿佛从来没有落雨一般。

回望渐行远去的源村，静默无声地藏身苍翠葱茏、雾霭朦胧之处，似乎千百年来没有变化，但变化已然发生，就像旋即恢复平静的河面，静水流深，而雨已经下过。

长丰的秘密

　　早上起来的时候，收到一个快递，拆开来看，是长丰县一家草莓园寄来的盆景草莓植株。我找个小瓦盆把草莓移植进去，洒点水，毛茸茸的叶茎很快就挺立起来，乳黄色的小花中间已经结出了几枚青涩的果子，显示出亭亭的模样，给前几日尚在风沙中的华北仲春带来一丝生机。

　　长丰在安徽中部，位于合肥市的北郊，与我的老家六安市毗邻相接，地形地貌、风物气候与语言习俗基本上一样，让我有种熟悉而亲切的感觉。在我乡的方言系统中，根据地表的凹凸起伏有着自成一体的表述体系：地势较高而干爽的土地叫作岗上；低洼之处则叫作湾里，因为它们通常与河水的冲刷关系密切，往往是河湾洄流处淤积下来的潮湿、肥沃而松软的沙土地；而处于两者之间的开阔平地则叫作畈上，它们才是最优质的农田。岗上、湾里、畈上构成了丘陵地带彼此迥然有别而又连绵接续、难以判然划分的地形。长丰的地理覆盖淮河湖滩地、丘陵台地与阶地平原，农民既在水田中繁殖水稻，也在旱地上栽种麦子、花生、棉花与油菜，以及少量的芝麻、红薯与红麻，还会利用星罗棋布的水库与池塘散种莲藕、菱角，放养鱼虾蟹鳝之类的水产。

作物上的兼容表明这确实是一块半干半湿、起伏不定的地方，土地的不平与零碎化也注定此地不会鱼米阜盛，必须要农林牧渔兼营，从而带来生计与文化上的多样性。从大的地理区位来说，此地属于江淮之间的分水岭地带，反倒旱涝不均，就原初的农业而言并无优势可言。这可能也是长丰为何曾经一度是国家级贫困县的原因——传统的种植与依托于农业的其他副业无法摆脱自然环境的局限，农民尽管竭尽心力，但贫瘠的土地无法产生更多的营养与乳汁。我童年时在外婆家还曾见到过因水灾离乡讨生活的长丰人，三十年过去，当我踏上长丰的土地的时候，它早已经是全国百强县之一了，这在全国范围内来看都是不多见的。从贫困到富强，这中间一定有秘密。这个秘密潜藏着中国农民由贫转富的普遍经验。

传统的农业严格受限于自然条件及最为基础的技

术水平，面朝黄土背朝天，是农民长久以来的基本形象。这个形象中蕴藏绵延不绝的无奈与迫不得已的艰辛。我读书时曾经在假期回乡收割稻谷，一天下来腰酸背痛，累得都麻木了，躺在草垛中饭也不想吃。那个时候，我以切身的体会理解了鲁迅笔下中年闰土的那种麻木——仅仅是活着，就让闰土与闰土们筋疲力尽。这大约是乡村子弟的普遍感受。沉重的生活过早地让他们承担了生存的辛苦，消磨了生命中的幼稚与天真。记忆中，夏日水涝，乡民们抬着抽水机给秧田排水，顶着如麻的雨脚给河堤加固；逢到旱灾，又要连天接夜疏通田间水渠，抬着抽水机拖着长长的水管给玉米地灌浇。土地珍贵，见缝插针地在田边地头栽培豌豆、黄豆、荸荠等各种对家中略有裨补的五谷杂粮。但这一切尽心竭力的精耕细作其实并不能在真正意义上改变农民的命运，乐岁终年苦，凶年不免于饥馑，所谓"内卷化"便是此意——当农业技术与生产理念拘囿于其内部，顶多只能在有限的空间中增加些许量的积累，而无法实现质的飞跃，因而也就不能从根本上改变农民的生活形态与文化形象。

斯宾格勒曾经以宏阔的语气说道，远古的人类是一种四处奔走的动物，那些采集者与渔猎者在生活的道路上不停地摸索，不受地点和家庭的限制，自身构成了一个小宇宙，感觉敏锐但又充满不安，与自然之间显示出紧张而充满活力的关系。但是，这种关系"由于农业的缘故而发生了一次深刻的转变——因为农业是一件人为的事，猎人和牧人同它没有接触。挖土和耕地的人不是要去掠夺自然，而是要去改变自然。种植的意思，不是要去获取什么，而是要去生产某些东西。但是，人自己也因此变成了植物——就是说，变成了农民。他扎根于他所照料的土地，人们在乡村发现了一种心灵形态，而一种新的束缚于土地的存在，一种新的情感也自行出现了。敌对的自然变成了朋友；土地变成了大地母亲。在播种与生育、丰收与死亡、孩子与谷粒之间，确立了一种深厚的关系"。农民与土地之间受限于自然地理与物候的生存关系，在农耕文化中往往被诗意化为一种和谐共生、温情脉脉的亲缘关系，想象的田园牧歌场景成为文人墨客歌咏与缅怀的对象。这里面的农民如同植物一样，沉默不语。

关于农业与工业的差异常常带有二元对立的想象。事实上中国的城乡情感结构在现代早期也确实呈现出这样的风貌：离乡进城的作家在回首自己乡土经验的时候，总是会构建出农村与都市二元的关系，前者被视为人与土地之间血肉相连的关联与融洽温馨的共同体，只是在后者的突飞猛进、摧枯拉朽中逐渐被窒息了活力，成为凋敝而贫血的所在。城市及其所伴随的工业文明的产生改变了旧有的一切，使得人们重新变成了一种自由流动的游牧民，人们在新的技术条件与经济形态的变化中，发现了从泥土中拔根而起，行走于广阔大地上的可能。

但是，这里存在着一种深刻却又片面的误解，斯宾格勒一百年前怎么也不会想到，过往的历史经验尤其是西方的历程，已经无法涵盖当下的全球变革，尤其是中国的现实。农民可能离开土地，奔赴想象的城市愿景之中，但也可能在土地上重新发明创造出新的生计与生活方式。农民的兼业化在古代中国就是一个长期存在的现象，改革开放以来，更是出现了"离乡不离土"与"离土不离乡"的新生态，这种生态与商业和技术所带来的变革密切相关，从而使得农民的形象得以呈现出与他们的祖辈全然不同的面孔。这是我在这几年中国乡土振兴的过程中，走访贵州、福建、河南、海南和安徽的一些市县乡村后所得出的感受。长丰县之旅，使得这种感受进一步得到了深化。

如果将眼光放到一个宏阔的长时段之中，我们会发现，中国历史上大部分朝代的鼎革更迭、现代革命的胜利、改革开放的成功，农民都起到了决定性的作用，很多时候甚至是变革的开启者，比如众所周知的家庭联产承包责任制就是最先由离长丰县不远的凤阳小岗村农民首创的。在生活实践之中，农民并非文人与知识分子眼中颟顸或被动的存在，而是有着自主的意志和敏感的本能，凭借着充盈的血气与源自大地的原初生命力，冲决凝滞与僵化的教条，谋求更具潜能的道路。这是一种来自人民的本真力量，在历史的长河中屡次改变国家与民族的走向，使得历经忧患的中国尽管屡遭颠簸顿挫的命运，而终究能够英气凛然、声息强悍，焕发出熠熠的生机与光辉。

人民的本真力量就在于生活在现实中而不是在话语中，灵活、机动、因时因地制宜。他们顺乎天时、适应地利，同时也在能力所及范围之内进行自然改造与自我改造。我想这可能就是长丰由贫转富的秘密。作为"草莓之都"的原住民，长丰的农民并没有像他们的先辈一样胼手胝足地埋首于垄亩之间，而是引入了新型的大棚种植技术，有土与无土相结合，销售也借助于网络与物流的发展，不再被地域所困囿，从而很大程度上规避了无常的自然所带来的风险。新一代的农民不再是依附于土地的植物性存在，但也并非工业时代漂泊无根的流动者，他们依然立足于乡村，这个乡村却已不再只是乡土，而是融合了科技与传媒力量的新的家园。

新的家园无论在生态环境还是在人的精神风貌上，都焕然一新。在义井乡的车王村，我看到了规划建造整饬清洁的一幢幢小楼，一问才知道都是农民的住宅。这个地方此前是寿县与长丰的交界处，交通不便，贫困不堪，如今公路纵横，蚌合高速与滁淮高速交叉通过，农民外出便捷，本土的果木种植也有了外销的渠道。村里自办的养老院，门前有一口池塘，一对戴胜鸟，羽冠如同花蒲扇，在垂柳清风中翻飞，水面吹来丁香的馥郁香气，让人心情舒爽。一个村干部告诉我，对于儿女在外务工的空巢老人与留守儿童，采取"五助"的方式，即助餐、助洁、助衣、助急、助学，解决了外出人员的后顾之忧。助餐是个人出八块，镇上补贴四块，村集体经济再补贴三块，每天十五块钱的餐费标准，就当地的物价水平来说，已经很不错了。留守妇女帮助洗刷衣物，儿童上学问题也有妥善安置，老人也满意。这一切都需要一定的经济基础，在早年无法想象。

经济的增长显然不仅仅是农业，事实上，双凤经济开发区才是长丰真正的实力所在。下塘工业园位于开发区的北部下塘镇，此地有一种驰名遐迩的特产——烧饼。发酵面加上肉馅，撒上芝麻，用土炉烤制而成，喷香酥脆，同行的朋友吃了三块还意犹未尽。我感兴趣的倒是它的"产城融合"的模式，就是乡镇转型中将工业化作为主要发展目标。下塘工业园的特色产业是新材料、智能家居、高端装备制造和新型显示技术，这已经超出了此前关于乡土中国的刻板印象。工业尤其是富含科技创新能力的工业才是大国和平崛起的主力，从这个意义上来说，长丰可以说是中国 21 世纪新农村的缩影。

这种新农村既有樱桃花在春风中的摇曳，也有戴胜鸟在水面的飞舞，还有科技转化所带来的最前沿与时尚的生活方式。到荣事达集团参观的时候，我特别注意到它的产业进化。记得小时候，最常在电视上见到的就是荣事达洗衣机和电冰箱广告，如今已经升级换代，主打智能全屋系统了。智能全屋包括远程控制家电、智能光伏与光热能源、智能马桶和顶墙集成建材。各种家用机器人，更是让人亲身感受到一个科技时代的到来。互联网、物联网、云计算、大数据进入普通老百姓的日常生活，一种新的城市形象在乡镇与都市之间兴起，依凭科技与工业的力量改变了大地与大地上的人民生活。科技不仅赋予工业以极大的生产力，更是融合了农业，让农民不再是植物一样无法动弹，而是能够不离根系而贴地飞行，就像那盆草莓，跨越接近一千公里的距离，来到北京，同它在水家湖的泥土里一样苍翠欲滴。

前两天看到一个数据统计，地铁是1890年英国最早开始修建的，此后一直到1981年，全球城市地铁里程的前十名都是美国、英国、俄罗斯、日本、西班牙、法国和德国的城市。1982年中国香港才勉强挤进去，1999年上海进入。到了2020年，已经有上海、北京、广州、成都、深圳、南京、武汉七个城市进入全球前十名，全部是中国大陆城市，远远将世界上其他国家抛在后面。这当然只是基建的一个侧面，但是可以看出改革开放几十年间中国综合国力的飞速提升。在这个宏阔的历史进程中，才能理解合肥下辖的长丰这样一个县的蜕变——整体的国力跃升离不开长丰这样数不清的县乡村镇的贡献，而不计其数的县乡村镇的新生也正在改变着中国和中国农民的整体形象。

农民在中国的整体形象中无疑是一个积淀深厚的存在。改革开放初期的潮流是农民进城，谋求改变身份、获得财富与实现理想的机会，如今随着城乡差别的缩减与城乡一体化的进程，反倒出现了进城农民的回流与城里人回乡体验文化、重拾乡愁以及文化创意的现象。在造甲乡的双河村，我遇到了两个特别值得一提的人物。一位是身体残疾的崔兴文老哥，他有小儿麻痹症，原先家境不好，是因残致贫。他种过莲藕，养过泥鳅与黄鳝，善于钻研养殖，慢慢琢磨出"虾稻共养"的模式，发了家，还带领村里十多户贫困户一起脱贫致富。聊到这些的时候，他那微笑的面孔显示出一种令人信赖的慈祥敦厚。另一位是崔海龙博士，此君甚为年轻，脸上还葆有心思纯良者的那种青涩。他毕业于中国科技大学，曾经在科大讯飞公司从事教育科技研究与产品规划工作，现在回到母校长丰一中任教，帮助和他一样的农村孩子提升学习技巧。他们俩身上的那种质朴、坚韧、智慧与善良，可以说是当代中国农民的缩影。他们重新绘制了中国乡村与农民的形象，以自己的沉默而坚实的行动书写了自我。鲁迅先生曾经说过："我们从古以来，就有埋头苦干的人，有拼命硬干的人，有为民请命的人，有舍身求法的人，……虽是等于为帝王将相作家谱的所谓'正史'，也往往掩不住他们的光辉，这就是中国的脊梁。"兴文老哥与海龙兄弟就是埋头苦干的人，在他们身上，我看到了长丰秘密的最底部，身处逆境而积极奋斗的人。

处于艰苦处境中的人，对于幸福的欲求，能焕发出强劲的动力与能量；而对于通过双手劳作带来的生活改变，也从来不吝啬乐观的颂扬。本地的大鼓书非物质文化遗产传承人倪国民老人即兴唱了一段，七十七岁的老人铿锵有力、韵味十足的演唱让我深深地被打动。他并不识字，完全是凭着自学和记忆历数赞颂了几十年来国家与人民的奋斗与收获。同行者或有人觉得他的大鼓书比主旋律还主旋律，但我相信这是发自内心的真诚吟诵，也是来自大地深处的恳切心声。中国诗有风雅颂的传统，颂作为祭歌雅乐往往是庙堂正音，在当代中国才转化为一种民众的讴歌。山河大地辽远，岁月无声新变。造甲乡在 1926 年成立了合肥地区第一个中国共产党组织，筚路蓝缕，经过一百年的努力，旧貌换新颜，杨庙镇新兴的马郢文化创意社区已经从偏僻穷荒转为时尚社区，不禁令人感慨时光荏苒，天翻地覆。作为邻近市镇的农民子弟，我尤其能够体会到老人颂歌中的今昔之感。

我刚参加工作的时候，从合肥乘列车去北京，经过长丰，其中有一站就是长丰县城所在地水家湖。彼时满目所及，是广阔原野与低矮平房交错的平淡景观，今日再看，则是整饬洁净的楼群与点缀其间的果园绿地。二十年后，再次路过，正是夕阳欲下、暮霭渐起时分，想起明人储良村过此地时留下的诗句"长空送目云霞晚，两腋天风下凤台"，也只有这样开阔舒朗的景致与心情，才能表达我胸中百感交集之一分吧。

包头的反差

　　于我而言，包头是一个特别容易产生反差感的地方。包头的名字听上去是毫无个性的存在，并且有一种憨头憨脑的土气，但是当你知道这个名字是蒙语"包克图"的谐音，而原文的意思为"有鹿的地方"，所以它又被称为"鹿城"的时候，似乎整个感觉就不一样了。当你又听说"敕勒川，阴山下，天似穹庐，笼盖四野。天苍苍，野茫茫，风吹草低见牛羊"这首著名的古歌就是从这里发源之后，那种意外的感觉又更加深了。

　　第一次踏上包头的土地，从机场出来前往市里的路上，最突出的印象就是碧树成荫、青草满地。这颠覆了我原先的认知。在此之前，我只知道包头是著名的钢城。一座工业城市给人的刻板印象往往是无个性的大厂房、钢铁管道、混凝土丛林，诸如此类。更何况它又身处塞外，我自然而然地会联想，空气应该是干燥而灰蒙蒙的。现实出乎意料，绿树芳草之上，天空湛蓝如洗，白云悠悠自在，我只感受到了一种清爽舒适。

更让人意外的是，钢的城中居然有一块城中草原"赛汗塔拉"，蒙语中意为"美丽的草原"，这是保存良好的原始草原湿地生态系统，在北方城市中殊为少见。傍晚时分驱车驶入，沿着白桦与榆树夹峙的小道，绿意逐渐铺展开来，如同进入盛大的牧歌田园。路边树下时不时可以看到三三两两的人们，支起帐篷，铺着毯子，在草地上冲茶、野餐。

晚风拂起，登上高台，可以看到台下曼延到远方的草地上归牧的羊群和马匹。夕阳映照在更远处的高楼上，折射出影影绰绰的暖色。马群漫不经心地沿着小路走过来，半胫高的野草与杂花轻轻地摇曳。钢铁之城与草原大地有机和谐地交融在一起，工业文明与游牧文明并行不悖，都市牧马的此情此景，令人恍然如同置身遥远的游牧时代。这样的地方，我相信在更久远的以前一定是有鹿的，牧草高大肥美，能够遮蔽牛羊的身影，苍狼与白鹿在高坡的月光下徜徉。

第二天去了南海湿地，才明白为什么包头的生态能保持得这么好。此地在康熙年间就形成了航运码头，经商拉脚、摆渡谋生之人在此定居下来。那些从山西和陕西来的人们，牵着骡马与骆驼，驮上杂货与皮毛，将货物贩卖到俄罗斯，也带来了种植的技术、习俗和口音。此地慢慢成为"走西口"的一个大渡口。

道光年间，南海子渡口成为黄河中上游的水运枢纽和皮毛集散地，老包头在西北地区的经济转型中随之繁荣起来。河水改道后在如今的东河区形成滩头湿地，我们可以看到高大的芦苇随风起伏，白鹅与麻鸭游弋在碧波之上，白云天光开阔辽远，让人心神俱爽。当华南还在溽热、华北尚处于余暑的时节，这里已经凉爽惬意，岸边的白桦榆杨的叶子在风中哗哗作响，仿佛秋日的私语呢喃，诉说着天高云淡的心事。

北行二百里，就到了固阳的春坤山，这是一片起伏舒缓的高山草甸。海拔两千余米，气温明显降低，白天烈阳高照的紫外线很强，乌云飘过投下的阴影，立刻就会带来阴凉。北方的山脉宁静而广阔，并无南方壁立千仞、嶙峋崎岖之貌，如同柔情的行板。草色尚青，已露微黄，零星的雏菊点缀其间，放眼望去，心中涌起酥痒的沉醉感。如果早几个月来，绿色更盛，五颜六色的杂花会让这辽阔的鹅黄绿地毯变成一片花的原野。

想起许多年前，夜宿克什克腾草原，清晨从帐篷里出来，望见远方斜坡上有人牵马走过，身后留下一条颜色更深的碧线。一开始我非常困惑，想着那是一条路吗，为什么草的颜色反而深一些呢。见到近处草上的露珠才明白，原来露水让整个草原变淡了。牵马走过草原，露水打落，露出了草坂原本的苍翠。

此际并非夏露时节，此处的草似乎也没有赤峰或呼伦贝尔的深密，却有着更为连绵不绝而开放无尽的感觉，倒是同伊犁的那拉提草原有些相似。"那拉提"也是蒙语，当年从这里驰骋西行的蒙古先辈们给那块阳光草地命了名，意思是最先见到太阳的地方。我在春坤山草原看到了一天中最后的太阳。青灰色的云低垂，红日西沉，悬在靛蓝的地平线上，映照出橙黄的晚景，在天地之间构成了一幅无尽原野的油画。这与想象中的戈壁荒野又是一个极大的反差。

包头三日，我接连遭遇了三个反差，每一次都让我惊讶与欣喜。这是靠间接的闻知无法获得的感受。在广袤的中国大地上，遍布着无穷这样的地方，在想象与现实之间用巨大的反差给予生命更丰厚的体验，有待着我们亲自把脚步踏上去，用身体去接触，它们才会洞开自己真实的面容。

苍茫与生动

　　飞机即将从太平机场降落，从舷窗望下去，只见辽阔大地，无尽苍茫，玉带般的河流交错在微黄的平畴之上，哈尔滨的寥廓江天已隐然在望。

　　面对东北大地，我贫瘠的词汇库中立刻跃出两个字：苍茫。那是一片大地的海，波澜不惊，沉稳而寂静，与南方的高丘茂陵、西部的戈壁群山不同，其中孕育着含蓄的生机与广远的力量。它不是一般的平原。广袤的黄淮海有华北平原，长江中下游与三角洲有江汉、洞庭湖与鄱阳湖平原，西南西北的群山之间也有成都和关中平原，它们的表面覆盖着茂密的植被、作物和建筑，提到它们的时候，我会联想到郁郁葱葱或者莽莽苍苍这样的词语。东北大地上当然也满是谷物，但是我只能用苍茫，因为它一览无余，没有丘壑，坦坦荡荡地裸露出其丰饶的内心，不忌惮任何目光，所有的目光也无法穷尽它的所有，它就是浩浩荡荡的苍茫。

十年前，我到过哈尔滨，在中央大街走过，吃了马迭尔的雪糕，也观瞻了久负盛名的索菲亚大教堂，当时只觉得精致而小巧。我和朋友还乘坐一种九块钱车票的绿皮火车到阿城的金上京历史博物馆去逛了逛。那是八月的仲夏，玉米正在成熟，坐在路边高大的榆树下吹着风，看着漫无涯际的绿原，心中荡起甜蜜的惆怅，仿佛将同那草木田园融为一体。

如今再来，饱含沧桑的绿皮火车已经没有了。中央大街似乎并没有太多变化，索菲亚教堂倒是比我记忆中要更为绚丽，可能是因为周边修筑了广场。当然也许这一切都是我记忆的舛误，那个广场本来就在那里，只是当时我走马观花，来去匆匆，无心记取。更有可能是，当人们到一个陌生地方，很容易被某种新奇感所震慑，耳目被外物所炫，只留下一些陆离纷乱的印象。那种印象未必可靠，充满了主观色彩，很多时候是从影像文字中得来的间接认知。

还是要用脚踏在实地上，并且要重回走旧地。只有再次登临同一块土地，才能撇去印象的浮沫，逐渐窥见浪花下的静流，尽管仍然未必能够真正深入，总归会愈加接近它真切的质地。对于东北，对于黑龙江，对于哈尔滨这样特别的城市，尤为如此。

记忆带有分量，那些最初的印象如同原料，沉积、发酵、酝酿，故地重游就是那触发的契机，让在时间中凝聚起来的情感与认识得以蒸馏升华为甘霖。

逗留在哈尔滨的短暂时日里，就住于历史悠久的马迭尔宾馆，紧邻中央大街。我在一天中的不同时段将中央大街重新走了几遍。清晨寂静无人，整个大街显得宽阔了许多，经过一夜的休憩，高大桦树和悬铃木好整以暇，默默地守护在道旁，空气中弥漫着清冷的气息，两边的灰色建筑装饰有红色的穹顶和鲜绿的门楣。经过松浦洋行的十字路口，看到一大群或黑或白的鸽子，在地上等待着人们的投喂。走到松花江边的防洪塔纪念碑，正赶上朝日初升，江水碧黛，天空蔚蓝，水天之间的太阳岛形成一条苍翠的线条，让人心神舒爽。

正午时分的阳光下，心叶椴的叶子透出银杏黄，记忆的河流翻起浪花，想起十年前去过的露西亚餐厅。信步寻觅，在一簇紫丁香环绕的路边看到了它恍如昔日。这里还是俄侨纪念馆，室内的墙上挂满了老照片，讲述伴随着 1896 年中东铁路开始兴建而迁徙过来的俄罗斯人的历史。这个餐厅不大，四周的沙发、钢琴等物品占据了不少空间，桌椅摆得都比较紧凑，反而有一种家庭式的氛围。我拍了一张照片发给当年一起吃饭的朋友，他说，没有什么变化啊。

十年对于一百多年的历史而言确实不算长，在这个以记忆为主题的餐厅，时间被刻意地凝固在照片、老物件之上，凸显出一种日常生活的绵延和恒久。

但是，在那种看似恒远的不变里，一切都已经悄然发生了变化。就像这条路上的各种古老建筑，在20世纪的跌宕起伏中不断变换着自己的角色与身份，松浦洋行曾经一度做过图书馆，秋林洋行则变成了江沿小学，华俄道胜银行转成了黑龙江省文史研究院……周边无数新建的社区和商业综合体则愈加凸显出哈尔滨的日新月异。中央大街作为一种历史遗迹今日已经成了一种怀旧的景观，藏匿在更为恢宏的建筑丛林之中——这座城市同样有着一颗勃勃跳动的生动之心。

俄罗斯与犹太人文化的元素，一度作为哈尔滨先开现代性的"洋气"成为它的标识。诚然，悠久的历史积淀、多元的文化分子是它的底蕴所在，但任何一座城市都不是其他地方的仿制品，其活力一定立基于自身所具备的素质和"变"与"不变"的辩证法之中，本身的底色赋予了它稳固的根基，让它不至于在变迁中失去自我，因应时代与语境所做出的变革则让它具有了生生不息的活力。

活力的关键在于人。无论什么样的地理与空间，总是会被它的居民改造为一个人化的自然。如同太阳岛上那俄罗斯风情小镇中一幢一幢造型各异、别具特色的小屋一样，那些从西方来的移民，带来迥异于本土的建筑、食物、语言与习俗，为这个哈尔滨的江北小岛烙上了些许异域风情，而异域风情最终在世易时移中转化为本土的特色之一。

回想一千年前，这里是女真人的土地；三百年前，是戍边军人和流放犯人的处所；一百年前，是东北亚各方势力争夺的要塞；六十年前，作为新中国最早的重工业基地之一，被称为共和国的长子；三十年前，它面临艰难而痛苦的转型；晚近十年来，则以一种产业创新的姿态重新开启新的航程。

是的，俄罗斯风情也好，音乐之城也好，非物质文化遗产也好，"艺术点亮城市"也好，终究需要有产业作为支撑。在江北的深哈产业园参观，这种念头一直萦绕在我的脑海。2018 年，哈尔滨松北区与深圳龙岗区就合作兴建了松北（深圳龙岗）产业园。2019年，中国（黑龙江）自由贸易试验区获得国家批复，哈尔滨片区挂牌，两地又联手成立了深哈产业园投资开发有限公司，园区入驻了华为鲲鹏创新中心、思灵机器人、奇安信科技、哈工大人工智能研究院等各种高新企业与单位，大湾区与东北边区的融合为哈尔滨这座城市注入了新鲜的血液。

我在园区的展板上看到宏观的规划：数字经济、生物经济、冰雪经济、创意设计四个发展新引擎，航空航天、电子信息制造、新材料、高端装备、智能农机五个战略性新兴产业，能源、化工、食品、医药、汽车、轻工六个传统优势产业，信息服务、现代金融、现代物流、服务性制造、旅游康养、养老托育、文化娱乐七个服务业。这些系统的规划构成了完整而全面的哈尔滨未来，那是生态与产业的叠合、传统与现代的结合、科技与人文的融合。

正是力控电力操作机器人、智能心电衣、农业植保无人机、核主泵……这些创新的产品，为哈尔滨大剧院这样如梦如幻的存在提供了坚实的基础。这个兼具艺术审美、科技含量与实用功能的建筑，甚至超越了闻名遐迩的悉尼歌剧院，滑动的曲线与光洁的造型，与苍茫大地融为一体，成为与中央大街那些欧式建筑截然不同而又丝毫不违和的新地标。"壮志飞鹏同风起，凌云鸿鹄扶摇上"，这是这座老工业城市焕发出的璀璨生机。

这个曾经在满语中被称为"晒渔网的场地"的"哈拉滨"，经过几个世纪的蜕变，成为时尚的"哈尔滨"，无数的人们为此付出了血水、泪水和汗水，我也能从中体会到建设者的深情、恩情与激情。

车子行驶路上，秋日的暖阳煦暖而不灼人，路边的树叶在阳光下闪闪发光，晴空高远，一派清爽开阔的气象。经此一行，我想，再用苍茫指称东北，无疑不够准确。哈尔滨也有山，香炉山、帽儿山和铧子山，并不是一览无余的所在，苍茫只是一种总体的印象，多少带有心理上的真实性，却是不够的。苍茫中的生动，才构成了完整的哈尔滨。

缚住苍龙

宿鸭湖畔，白鹭飞过柳枝，巨大的水泵伸入到湖水深处，另一头向堤坝外侧喷涌出淤泥，整个湖面倒风平浪静，只有水草依稀摇曳。眼前的景象是我所熟悉的，浩渺的水面、挺拔的芦苇、肥硕翠绿的水葫芦、偶尔跃起的游鱼，以及天空的飞鸟。这个时候，一种熟悉而又亲切的感情生发出来。我的家乡有很多这样的水库，自己家在汲东干渠的洄流处也有一口很大的养鱼塘，虽然面积无法与宿鸭湖相比，但情形是相似的，甚至那管粗大的抽水机都似曾相识，每到抗旱排涝的时候它就会派上用场。

汲东干渠是 1958 年农民人工开掘的，与淮河的支流汲河平行北上，"长淮三面八百里，七十二水通正阳"，与淠河在安徽寿县正阳关汇合后，注入淮河。汲东干渠属于淠史杭工程的一部分，以我浅薄的理解，它的修筑是为了防涝分流，同时解决干旱时的灌溉问题，总体上是治理淮河的有机组成。当然，孩提时节并不了解这些宏观规划，也无法理解新中国初期那种改天换地的豪情壮志，家门口的河流和池塘只是我们天然的乐园。我和弟弟在那里戏水、划船、钓虾、捉鱼，用土枪射击翠鸟与沙鸥，下到水中捞菱角、摘芡实，手脚并用地挖藕。

不知道宿鸭湖畔的人们有什么样的生活，但从"百里长堤锁洪水，万只野鸭戏游鱼"的诗句可以想见它建成的初衷也是为了防洪灌溉。后来看到材料，说这宿鸭湖也是 1958 年由周边汝南、上蔡、平舆、正阳、西平五县十五万民工披星戴月、肩抬背扛奋战十个月建成的，是河南、中国乃至整个亚洲人工修建的面积最大、堤坝最长的平原水库。它建立在淮河支流洪汝河水系的汝河干流上，对于以农业为主的驻马店市来说非常重要，与淮河下游一带江淮平原的水利安全也有着莫大的关联。

除了沙漠地区和极少数地带，世界各个民族几乎都有关于洪水的神话，洪水往往与创世、毁灭、重生等母题联系在一起。但是，面对洪水，海洋民族与大陆民族又有所差别。海洋神话中有一种亚类型，叫作捞泥造陆：世界是由神或者某种动物潜入水底、捞出泥沙堆造出来的。大陆的创世神话我们更熟悉的可能是盘古开天辟地、夸父追日那样的尸体化生或者天地分裂的卵生类型。中国洪水神话与西方同类神话也有很大的不同，它不是关于上帝试图毁灭人类惩罚罪恶，而是关乎人格化的神（英雄）在灾难与困苦中的创造。淹没陆地的大水肆虐无涯，破坏了民众的生活，从他们中间出现了某个英雄人物，改变了这种状况，因而鲧窃息壤、大禹治水实际上是关于社会的创世与再造的神话。

当我看到宿鸭湖修葺整饬的堤坝与工作中的泥浆泵时，浮现在脑中的正是关于水患与治理的捞泥神话。水固然是生命的源泉，但它作为一种自然的原力，当其泛滥咆哮之时，对人类也会构成巨大的威胁，江、河、淮、济四渎及其如同瓜蔓连枝一样铺展开来的各种支流旁脉，在漫长的历史中都经历了无数的洪灾水祸。驻马店地处黄淮之间的中原腹地，这两条河都是蛰伏的苍龙，时不时会翻腾一番：从公元前602年至1938年间，黄河下游决口一千五百九十次，大的改道二十六次；从公元前252年到1948年间，淮河流域平均每三年就要发生一次水灾。其中的苦楚辛酸，不是身在其中者不能体会。直到今日，在驻马店地方志中还专门记载 1975 年与 1991 年的特大洪水。我曾经在一个河南作家的小说中读到对驻马店的打趣，说那是因为水灾而知名的地方。这是一个玩笑，却也透露出深沉的悲哀与豁达的坚忍。

以农耕为主要生产生活方式的社会，水利关乎着国计民生的根本，治水是国家的重要功能之一。回顾中国古代水利史，从春秋战国诸侯时代的鸿沟、邗沟、芍陂、都江堰、郑国渠、漳河渠，到秦朝灵渠，汉代白渠、龙首渠、宁夏古灌渠，三国两晋南北朝时的练湖、赤山湖、汴渠、永济渠、破冈渎、庱陵堰、浮山堰，唐代的相思埭、它山堰，北宋的丰利渠，元的会通河、通惠河，明关中的广惠渠……都是与帝国的开拓、稻作与麦作文化的垦殖密切关联的。几千年来，中原大地上的人们总是一面仰仗雨水大地的滋养，一面又要防范洪水滔天的威胁。

在宏阔广大的时空背景中，宿鸭湖只是水利史上微不足道的一个小工程，但对于生活在驻马店尤其是汝南的人们来说，它却是攸关生死的大手笔。历史上汝河、练江河、黄西河、云溪河、韩溪河、清水河、柳叶河、官场河等都流经此地，这个水面有一百六十八平方公里的湖，控制流域面积达四千四百九十八平方公里，连接着无数民众的生活。建成的六十多年中，在防洪、灌溉、发电和水产养殖等方面发挥了巨大的效益。但是这期间也遭遇了二十多次较大的洪水，使得大量冲积物沉到库底，不仅影响水库的功能与效益，也使得水体自身丧失自净能力，富营养化严重。

2018年，河南省委、省政府启动实施了宿鸭湖清淤扩容工程，我看到的就是正在进行中的场景，预计未来可以恢复、新增库容五千多万立方米，不仅防洪功能强化，水资源供给水平也会得到提升，水质及库区生态环境也会得到改善。值得注意的是，在灌溉、发电、养殖之外，今天的宿鸭湖还成为一个休闲旅游观光的景点。这显示出一个时代的变化，伴随着整体上经济形态的转化和收入水平的提高，对于水的使用与认知也发生了变化。水资源、水生态、水环境、水灾害、水景观、水经济被置入综合的视野中进行融合。汝南中心城区水系环境综合治理以及隔壁遂平县汝河、玉带河水系治理和园林景观建设，显示出一种新时代的新气象与风范。

这可以说是一种新时代的捞泥神话，只不过人们已经不再受困于洪水，而是将那条躁动的苍龙驯服，乃至于有余兴和闲暇可以开发与欣赏到它的美。这是农村产业升级与扩展的结果，对于驻马店这样以农业为主的中原地方，其转型的形象尤为鲜明。

像很多很晚才到过驻马店的人一样，我对此地基本上毫无所知，这个曾经的中原腹地，长久地被遗忘了。这里是华夏文明发祥地之一，神话中盘古的圣地，黄帝妻子嫘祖的旧乡，先秦法家韩非与李斯的故里，漆雕氏之儒开枝散叶的地方，看过《三国演义》的人想必对上蔡、汝南这些地方都不陌生，但是几乎很少有人会将它们与驻马店联系在一起。比如我们说起东北抗联，一定会想到杨靖宇司令，说到生命科学，会提到施一公，但又有谁会想到他们来自驻马店呢？这是一块沉默的土地，实际上是伴随着近现代以来地理大势的转移形成的。东南沿海、西部边陲、东北边疆、西南高地都有其特点，中原倒似乎成了无个性的所在。改革开放后，尤其是 90 年代，它甚至因为发展的滞后与贫穷一度成为大众传媒中被污名化的对象。

贫穷如同水患一样，是困扰着中国农民几千年的难题，对于驻马店这样的农业大市来说更是如此。我想，我们都应该对这块土地和这块土地上的人民说一声抱歉。我们无视了它所发生的潜移默化的改变，无视了它的人民那勃勃涌动的创造。宿鸭湖的变迁只是其中一个地方，就在不远的西红柿产业园，我还看到了新农业的进展——与刻板印象中的小农种植大相径庭，番茄温棚、分拣与深加工，以及展览交易、电子商务、冷链物流、文化旅游、科普教育等结合的产业链条呈现出全然崭新的面目。泌阳县有著名的"夏南牛"产业园和食用菌高科技产业园，其规模化与严格的流水线生产已经完全工业化了。比如金针菇，从育种到培育，再到装罐与包装，都不见常见的栽培蘑菇所需要的泥土与腐殖质。在这里工作的农民让人很难再用面朝黄土背朝天的印象去想象，他们的日常生活已经发生了全然的改变，这是一种新型农民，也可以说是工人，通过技术与产业的升级，已经不再受困于自然条件的限制。也正因如此，他们才从自然的局限中挣脱出来，走上了摆脱贫穷的小康之路。

农村的产业升级只是一方面，变化的关键还在于向工业以及服务业的拓延。这一点在确山县体现得最为突出。确山的竹沟地区曾经是著名的"小延安"，1927 年就建立了党组织，是有着悠久革命传统的老区。土地革命战争后，这里创建了鄂豫边省委和豫南红军游击队。抗日战争全面爆发后，彭雪枫来此主持工作，1938 年设立了以刘少奇为书记的中共中央中原局，后来从这里走出了十位新中国的党和国家领导人。既然是革命老区，显然此地的地理与经济状况都不是中心，地处桐柏、伏牛山系向黄淮平原过渡地带，是一个典型的山区农业县。但是经过七十年来的发展，现在再看，已经旧貌换新颜，事实上当地支柱产业已经转成了新型建材和富于特色的提琴制造业。当我在一个住宅科技发展公司参观的时候，看到正在运作的 PC 构件生产线，以及装配式建筑的演示，真是大开眼界。当房子可以在一天里像搭积木一样建成，轻盈、洁净、无污染，还能抗地震，它就已经不再是传统意义上夯在泥土里的建筑了，而成了便捷、便宜、可拆卸与流动性的处所。改革开放以来所产生的技术与信息流动性在这里得到了生动体现——它完全改写了安土重迁的农民、农村与农业文化。

这一切，是新农村建设与城乡一体化进程的结果。任何一个参观过驻马店国际会展中心和皇家驿站的人，都会对它的日新月异生出发自内心的感慨。它们是现代高科技的魄力展现与对历史积淀的创意激情，体现出我们时代文化最为主流的两个面相。

从水到土，从写实意义上的水灾到隐喻意义上的贫穷，驻马店人与当代中国其他地方的民众一样，正在深刻地改变着既有的物理、文化与精神生态。所谓"豫州之腹地，天下之最中"，驻马店因其地理位置又称"天中"，丰厚的历史遗产一直以来并没有给它带来额外的好处，就像它的名字所显示的，"驻马"，只是过客短暂歇息与停留的驿站。然而这个驿站也是数百万人胼手胝足、勤奋劳作的家园。许多年里它像驿站一样缺乏个性，在新时代中则重新出彩，像驯服洪水一样，消除了贫穷，正在试图将自己打造为武汉、郑州之间千万级人口城市。

在采访活动期间，我遇到了一位《大河报》的记者，他问我此行最深刻的印象与感受是什么。我说，原先以为驻马店是一个灰头土脸的小城，到了现场考察，才发现它既有悠久的历史文化底蕴，也有现代都市感，显示出以农业为中心，兼顾工业与旅游业的综合发展态势。宿鸭湖面上有白鹤飞过，树上有喜鹊鸣叫，说明清淤疏浚、生态治理做得好，环境保护与经济发展难得地保持了平衡。感觉这里的人民就像牛一样实在，不玩花架子，我想正是这种埋头苦干的精神，才使得中原在平稳中默默崛起。一切都是崭新的、充满希望的。

如果把水灾与贫穷都视作困扰民生与发展的恶龙，我想起毛泽东在 1935 年写过的那首著名的《清平乐·六盘山》。六盘山是红军长征翻越的最后一座山，此后不久就与陕北红军胜利会师，标志新局面即将开始。当毛泽东写下"今日长缨在手，何时缚住苍龙"时，充满了乐观和必胜的信念，历史也证实了这一点。从新中国成立到改革开放，中国人民面对一个一个新的征程，在曲折中也总是不断"缚住苍龙"。他们面对挑战和追问，都如同六盘山上漫卷的红旗，心怀自信，踏实向前。何时缚住苍龙？正在此时，也将在未来一个又一个重大的历史关头。

安溪一叶

世间有很多地方，因为名人的足迹遗踪而为人所知，也有在绝妙文辞中留下记录而声名广布的，更多是以某种特殊景色、风物、产品、手艺、习俗而成就自己在外界的形象。说到泉州的安溪，无疑是因铁观音闻名，以至于安溪铁观音几乎成了乌龙茶的一种独特分类——套用一句广为流传的广告词：不是所有铁观音，都叫安溪铁观音。

安溪坐落在闽南群山之间，从地理上说堪称偏僻，但夜晚登上山头的楼阁，回望县城鳞次栉比的楼宇和迷离惝恍的霓虹灯光时，会让人恍若置身大都市。人们无法想象这个二十年前还是贫困县的地方，如今已经提前进入小康社会。

其中的关键当然是茶。传说南宋末抗元士人谢枋得避乱隐居此地，从江西带来茶树，从此落地生根，开花散叶，谢也因此被乡民尊为"茶王公"，立祠祭祀。种茶喝茶固然在中国早有传统，但乌龙茶的发明其实迟至清雍正年间，并且真正意义上的规模化生产的历史并不久远，一则囿于地理交通，二则受困于经营规模，茶农与茶商之间并未形成最佳的良性互动机制。至于品牌的形成与茶农较为普遍的富裕更无从提起。

我在安溪下辖的被称为"中国茶叶第一镇"的感德镇考察，爬了云中山老固茶叶基地，拜访了两固、琦泰、庆芸三家茶叶公司，发现此地最突出的特色是合作社制度，乡民、合作社、公司形成了风险与利益共同体，保证了以集体化、规模化、组织化超越个体性的种种缺陷。在感德镇可以看到中国改革开放以来农村产业转型与振兴的一个缩影，从合作化形态来看，正体现了中国特色社会主义的理念与实践。近四十年中国社会结构最为突出的变化无疑是从城乡中国转型为城镇中国，从而形成了独有的中国特色发展道路。从改革开放初期的苏南模式、温州模式开始，乡镇就一直是新型经济形态的前沿。我想一个有魄力的社会学家或经济学家也许能够从感德镇的崛起中发现当下城镇经济的秘密，从而提出一种类似"苏南模式"之类的命题也未可知。

感德镇靠茶叶振兴，但是经济与生计之外，我更感兴趣的是文化，这与茶的特性息息相关。唐代陆羽、皎然等人开创茶学，注入了农、儒、释、道等家思想，茶雅文化兴起。宋代欧阳修、苏轼、范仲淹、沈安老人等把茶的内涵提升到人格高度，所谓"茶德即人德，茶格即人格"。明代文人文化使得茶空间得以广泛出现。冈仓天心在《茶之书》中说，紧随中国文明步调的日本，熟知中国茶发展的这三阶段，并且随着南禅宗在日本的传播，形成了日本的茶道。所以，茶不仅仅是华夏物质精神的缩影，甚至称得上是东方文化的某种象征。

可能很少有其他饮品能够像茶与酒这样与文化高度结合，它既依赖文化的深厚积淀，并且形成了深厚的传统，同时也在当代创造与生产出相应的观念与实践。感德文化在这个意义上可以视为一个有意义的人类学个案。从器物、生计到精神层面大致可以看到茶成了文化的核心，无论是关于铁观音的制作工艺流程（采摘、晒青、凉青、摇青、炒青、簸拣），还是有关它的高香、鲜爽、典雅的品质阐述，还是茶园中杂草与茶树杂错丛生而不施农药的解释（和谐共生），都构成了比较成熟的叙事。此地的老建筑与信仰也颇具特色。龙通土楼便是一例，这座建于康熙年间的方形古堡型土楼，显示出中原南迁民众聚族而居的生态。保生大帝吴夲据说出生于感德镇石门村，原本是技术精湛的民间医神，后来则成为一尊超越了地方性而覆盖到东南亚的道教神祇。它们也被整合到有关茶的叙述之中。

考察期间，我正好赶上在茶王公祠举行的感德镇2020年秋茶庆丰收感恩仪式。这个祠堂供奉了谢枋得夫妻，村主任与书记带领乡民代表敲鼓吹笙，唱念祷词。他们身着类似道公及民国期间服装的长袍，头戴礼帽，看上去颇有些不伦不类。这种场景其实在中国广袤地域的乡村中屡见不鲜，他们的行为可以视为某种与当下生活相适应的新发明的传统，并非某种"伪民俗"——所有的节日、庆典与仪式发明出来，一定是为某种目的服务的，发挥着特定的社会功能。

茶王公祠的感恩仪式在我看来，一方面意在塑造感德镇"感恩尚德"的文化底蕴——显然这是一个望文生义而顺理成章的文化阐释；另一方面则凝聚民众，达到一种集体性的欢腾，也突出了以茶叶种植、制作与贩卖为中心的生计系统。基层官员与民众合为一体，同时又形成了带有表演性质的场面，在媒介发达年代具备了一定的传播价值，可以说所有参与者皆大欢喜。值得一提的是，茶王公祠的二楼还供奉着儒释道诸家的仙佛圣贤，甚至还有关帝与财神，这个众神和睦的神圣空间显示出民间的包容并生。乡镇文化之于都市文化的另类现代性的意义可能就在于此，它细大不捐，包罗并举，体现的是民间的生存智慧与对于幸福的渴望。

一片神奇的树叶赋予了感德镇乃至整个安溪县的丰硕收获，但如果从全球范围来看，茶在与可可、咖啡并称的三大饮品当中仍然还有很大发展空间，事实上中国茶叶更多是内销，在国际上无法与英国、印度相比，甚至还不如斯里兰卡。我看到宾馆里的茶袋居然是立顿红茶，这在产茶的安溪让我很是愕然，至少说明市场占有上本地茶还有很大的空间。一种广为分布的商品一定要在物质层面之上附着文化与观念，才能焕发出持久而广远的影响力。就此而言，茶叶的人文振兴依然任重而道远。

《论语·子路》中记载，孔子去卫国时，曾经对冉有说人口繁盛后就要让他们富裕，而富裕了之后则要兴起教化，文明昌盛。这可以是文化发展的进阶论：当经济富足之后，文化的更新就自然而然地提上了日程，这两者当然原本就齐头并进，而小康社会对于文化的创新与提升的需求则尤为迫切。一段时间以来，我们谈论乡村振兴，重点放在产业升级与转型上，其实如果从更长远与更高层次的发展来说，乡镇文化的传承与创新更为重要。期待未来某一天，当我再次来到感德镇的时候，人们不仅仅津津乐道于铁观音在本土的销售传播，还有在海外的文化影响力。

人到古蔺醉一场

　　世间事物复杂有趣之处在于，许多看似悖反的情况实际上一体相连、纠结难分。比如打是亲、骂是爱，微妙之处就在于情感的纠葛难辨。比如高级喜剧的内核是悲剧，与浅薄的插科打诨、胳肢逗乐不同，乃是含泪而笑、苦中作乐的人生况味。比如酒，酒质地如水，却有火一般的底色；粮食易于腐败变质，粮食酿的酒却是越陈越好。又比如饮酒，开心的时候人们喜欢畅饮作乐，欢宴庆祝；失意之时，又会通过它来排遣忧愁，浇消块垒。最有意思的是，让人放松愉悦的烈酒，酿造的过程却是一丝不苟、严谨细密，清清亮亮的甘醇后面是厚重深沉的经年积淀。

　　原先我并不喜欢白酒，少时祖母家院子旁边就是一座酒坊，常年飘着浓郁的酒糟气息，在我看来就是氤氲侈靡的气息。待到长时，外出求学工作，也并没有多少应酬场合，自然也就没有形成喝酒的习惯和偏好。

　　我饮酒还是在三十五岁之后，人到中年，胸中多少有些不平之气，慢慢开始在孤寂或欢欣时自斟自饮。十年之间，我已经成了一名酒徒。"古来圣贤皆寂寞，唯有饮者留其名。"我有时候想，可能中年后的人才会真正喜欢上烈酒，那种入口的辛辣与过后的回甘，短暂的刺激与绵长的松弛，清白的品质与繁复的工艺，是有了一定沧桑之后才能体会到的。

　　喝得多了，渐渐也粗略识得酒的各色品质与香型。我老家也产酒，基本上都是浓香型，但就个人口味而言，我更喜欢酱香和清香。这大约也算是一种中年滋味，由酽醴重醾归于浅斟薄醿，但也经得起一场酣畅淋漓的酡醺。不过，我只是一般的饮者，并不了解酒的酿造过程，今年重阳节到古蔺县的郎酒庄园才得以窥得一二。

　　重阳节往往会同登高习俗联系在一起，但是关于重阳登高，我的所有认知都来自王维那首《九月九日忆山东兄弟》："遥知兄弟登高处，遍插茱萸少一人。"事实上，我在很久之后才明白茱萸不是像艾草一样的东西，而是一种灌木。那种植物在我乡很少见，我乡也没有登高的风俗，所以我对这个节日并没有特别的概念。到了古蔺才知道，原来重阳对于高粱酒来说也是一个重要的时令，只不过是它关联的不是登高，而是下沙。

下沙是酿酒的一道工序，是指将原料投到甑子里。这种原料特指高粱米，因为高粱种实饱满、细密质实，堆在地上的时候像沙子，故谓之沙。"端午制曲，重阳下沙"，这是历代以来的酿酒师经过长久的摸索之后总结出来的经验：端午时节小麦新熟，万物滋生，酒曲在暖湿的环境容易生香发酵；重阳之日，赤水河畔到了高粱收获的季节，正适合拌上酒曲投料。

郎酒庄园的下沙仪式，让我度过了一个新鲜而又兴奋的重阳节，不仅是自己尝试着将酒曲同高粱米搅拌在一起，投入到罐中，获得了新鲜的体验，更主要的是几日间的参观增长了不少见识，对制酒工艺与时间沉淀之间的彼此成就，增添了一层新的认识。

郎酒源于赤水河左岸的古蔺县二郎镇，郎酒庄园与右岸的茅台酒厂一河之隔，郎酒与茅台称得上同出一脉，双峰并峙。它的"生、长、养、藏"都与这块土地和这块土地上生生不息的人们息息相关。许多年前我曾从金沙、仁怀、古蔺到赤水，沿着群峰夹峙的赤水河走过一次，看过滩险流急，也见到密林中的瀑布。出于幽谷，迁于乔木，也许只有在这条唯一没有被污染过的长江支流边，才会诞生出最纯净的佳酿吧。

"长在天宝峰，养在陶坛库"，初生的原酒就像刚刚从蒙昧混沌中诞生的婴儿，生命的刚劲与淳厚还有待成长。它们沿着输酒的管线被送到沿着山坡修建的十里香广场露天的陶坛中贮存一年，风吹日晒，餐风饮露，吸收天地的精华。苍翠的麻油藤下，成千上万的巨大陶坛陈列在前，恢宏的气派为我生平所仅见。然后它们被送入回香谷的不锈钢大罐中，融合生长两年。漫长寂静的山中岁月，缓慢又坚定地滤去了新酿的燥气与青涩，赋予其成长的香醇。这是一个开始，两三年后的原酒再被置入室内的陶坛中，凝神静养十年，才进入到它的青春期。

最后的阶段是佳酿真正的成熟。十年以上的原酒选入天然的藏酒洞中陈化，存储到五十年，光阴融入酒体，野性和燥火积淀为绵长的韧劲，那就成为液体的黄金了。这个时候，调和出来的酒，杯盏之间的繁复口感，融合的是匠心的机巧与时间的力量。我也于此理解了为什么人们会给窖藏原酒的洞窟取名为"天宝洞""地宝洞"和"仁和洞",因为它确实是天地人和的精粹。

这是赤水河畔的人们在与自然相处中生发出来的古老智慧,如同重阳节一样历史悠久,却又历久弥新。他们不是简单接受天地山川的馈赠,而是发明了萃取自然精华的方法;他们没有背离自然的节律,而是顺应天时地找到技艺与节气的最佳契合点。我想,这也许就是生态的本意——无污染的环境与作料,当然是其题中应有之义,赤水河群山环抱,两岸河谷遍布酒厂,便是得益于其优良的生态。但更重要的是技术本身同环境、作料之间的和合,即便有了现代科技手段介入,那也都是在器和技的层面,酿制好酒的本质依然延续了传承已久的古老手艺和时间熔铸的耐心,已经进为道与艺。

生态、工艺与时间,让粮食的精魄化合为美酒,如同一个人的成长一样,具有了生命的意涵。郎酒庄园做了一场名为"青花君子"的第五代青花郎酒品鉴会,我觉得这个名字取得好。君子,合天人之道,藏道器于身,留不朽之名,是中国士人的普遍理想,应该也是郎酒的追求。赤水河两岸如果没有美酒,就是一块没有个性的地理空间,美酒如果没有文化的加持和精神的内涵，那也不过是一种口感刺激的饮料而已。

自古诗酒同风，文人墨客耳热之际，意兴迸发，谈酩论酒之说汗牛充栋，不知凡几。土酒村醪，野醵甜醅，秬鬯金波，碧蚁椒浆，入得腹肠，亦各有专擅。但是，君子并非一般文人，君子并不会肆意逞兴，而是格物致知，进德修业。这个过程同酿酒过程相似，是一种自我成长的工艺，唯有兢兢业业，如履薄冰，孜孜矻矻，兀兀穷年，才有可能得寸进之功。

然而，君子也是凡人，凡人在日常生活中终究有烦恼，偶尔需要排遣的出处。故而君子有着追寻超越世界的日神精神，也有着抒发内在情绪的酒神精神。"雨后飞花知底数，醉来赢得自由身"，借酒的助力，那些在理性间隙的释放与发泄，让人恢复到全面而完整的自我。

俗语有谓，"风过泸州带酒香"，那么人到古蔺就要醉一场。一个从来没有醉过的人，想来人生应该少了很多趣味。微醺会让我们身心舒畅，那是晚来天欲雪后的红泥小火炉；酒酣心自开，明月夜的耳热，旁观者拍手笑疏狂又如何；酩酊则是春色年年奈我何的俱怀逸兴壮思飞，只有在那样的时候我们才能回归到本真，那里隐藏着一个人最原初的面貌、最真切的性情与最狂野的梦想。

曾经有一位朋友送了一瓶九百九十八毫升装的青云郎五十年，夜间睡不着的时候，我常常拿出来独饮，就是干喝，不多久竟然喝完了。那个酒当时不明白价值，嗣后才知晓是郎酒中的顶级。在郎酒庄园，我又尝到新的青云郎。饮酒不仅要有佳器美酒，还需要适宜的氛围，遇到对的人。在雏菊盛放、蔷薇结实的园中，远望群山巍峨，暮霭升腾，就是好的氛围。同行者俱是知己，声气相投，就是对的人。唯酒无量不及乱的美妙时刻，大家一起到酒歌广场纵情欢舞，是我近年来难得的欢欣时分。

在欢欣中物我两忘，囊括大块，浩然与溟涬同科。那个时候，水与火、醉与醒、肉身与精神、感性与理性，一切的悖反与矛盾都不存在了，唯有一个实在的自我在徜徉，体验到尼采所说的"生命是一派欢乐的源泉"。经过此番升华摇曳，第二天迎来一个崭新的朝阳，其乐何如。

遥想王维的山东兄弟们登上高台，遍插茱萸，遗憾的是少了一位。如果他们能携上美酒，举杯共酌，饮如人在，兀然而醉，豁然而醒，俯观万物，都如江汉浮萍，那么，他们的遗憾也许会少一些。

闪光的刹那

曾经有哈萨克朋友告诉我，他们民族在钟表传入之前对时间的认识是不平均的：一个人的生命中，大多数时间都是无意义的，平庸、琐碎而容易被忘却，人生的真实决定于所经历的一个个切实和酣畅淋漓的刹那。那些片段并不完整，就像天幕上的星星并不连缀，却在无数毫无个性的均质化时间中闪闪发亮，就像星光照耀渊深幽黑的天空。与朋友聚会宴饮、欢歌载舞，就是那样的刹那。

2007 年夏，我去伊犁哈萨克自治州新源县做调查。新源县是诗人唐加勒克·卓德勒的故乡，有著名的那拉提草原和高大俊美的枣骝天马。从伊宁驾车经过尼勒克去往草原，在路边巍峨的山体上看到"肖尔布拉克"的字样，这是一个镇的名字，张贤亮有一部小说也叫这个名字，哈萨克语中"碱水泉"的意思——我看到的是本地酒的广告招牌。

那天喝的就是"肖尔布拉克"。先是我的柯尔克
孜族同事阿地里·居玛吐尔地做了一个简单的举意仪
式，然后就宰了一只羊，剥皮切块放入锅中煮，羊肠
子则用一块羊油从一头塞进去，顺着捋，另一头挤出
羊粪蛋，也不用洗。在等待羊肉熟的时候，我们就盘
腿坐在毡房里，就着奶疙瘩与包尔萨克先喝起来。大
约是下午一点钟左右开始，等到羊肉端上来，我已经
头昏脑涨，吃了几块手抓肉，蹒跚着走到外面，夕阳
从远处斜照到布满鲜花的草地上，给大地打上祥和的
颜色。毡房后面是一条小溪，我掬了捧水洗洗脸，顺
势躺在花草上晒太阳。

真是松弛啊！

那天来了很多村民陪我们喝酒，喝多的人就会被
拖出来晾晒太阳，换另一拨人。一直喝到了凌晨一点
钟，同行者中只剩下阿地里一个人坚持到了最后。后
来我又去过伊犁多次，有时候是开会，有时候是做田
野，那些工作上的事情都已经淡去，只记得那个惬意
的午后。也许，那就是哈萨克人说的生命中闪耀的刹
那吧。

后来，丹珍措跟我说，这有什么稀奇，北方游牧
民普遍都有着类似的时间观或者说生命感受，我们藏

族也是这样的呀。我一想，还真是。

原来在甘南州有一个哥们儿叫才让道吉，这个名字如果放在卫藏地区发音就是次仁多吉，长寿金刚的意思。那家伙身形魁梧，长发披肩，却有着一份含蓄的腼腆。后来他从北京回到家乡工作，恢复了天真烂漫的天性。我偶尔在合作市遇到他，被强拉到郊外，铺上垫子席地而坐，搬来几箱啤酒，胡吹海侃到晚上。回到城里，他又喊来朋友陪我，教我一种藏人的划拳方式，一直聊到深夜。

我是那种很珍惜时间的人，总觉得不能虚度生命。但是，与朋友在一起痛饮，就会忘掉这一点，没有那么焦虑或紧张。藏族人天然有种松弛感，在传统的观念中，生命不断轮回，根本不用过于着急赶时间，此生之事做不完，还有绵延不绝的来生，重要的是当下，是当下那些快乐的瞬间。

游牧文化中的这种时间观和生命感受，可能源于寥廓草原中行游个体的孤独感。这当然只是我的直观想象，并没有做过什么考证与研究。我总觉得像蒙古族长调中，蕴藏着一种深层的忧郁和漫漶开来的悲怆，反衬出祝酒唱歌时候简单而纯粹的快乐。那是漫长而经常遭遇艰难的生活中，短暂的欢欣，弥足珍贵的刹那。

2011 年，我和赤峰的呼格吉勒图一起办了一个活动，邀请来自全国各地的人到克什克腾草原。晚上在硕大无比的帐篷中宴请宾客，酒歌唱起来：

> 浓浓烈烈的奶酒啊
> 蜷在瓶里的小绵羊
> 兄弟朋友们痛饮吧
> 灌进肚里的大老虎
> 我们的歌声美，嘿
> 干了这一杯，嘿
> 千万别喝醉
> ……

这个歌翻译成汉语后索然无味，感觉欢乐都少了，彼时彼地用蒙语唱才有那种谐趣闹腾劲儿。女孩头顶瓷碗，手持双盅，抖肩碎步，敬上酸酸的马奶酒。在集体欢腾的场域中，人自然就放松了，身体舒展开来，围着篝火，不自觉地会模仿起大雁翱翔、骏马奔驰的姿态，拍手叉腰，翻转起舞，不知今夕何夕。

那样的时刻并不很多，往往同一起饮酒的人有关系。

在纽约曼哈顿租房子住的时候，有个来自委内瑞拉的室友何塞。我们俩很投契，偶尔会一起去逛街、听音乐会，半夜在窗外的消防楼梯上喝啤酒看天。久在他乡，心情不好，有一天，他带我去布朗克斯的果园沙滩散心。那个小镇，静谧安详，清风徐来，到城里也不过七八英里，但感觉已经恍如远郊。海水很凉，我跑到水里泡了一会儿，然后我们一起做瑜伽，又晒太阳，有一瞬间感觉自己就像是躺在远古的贝壳里面，安全，宁静，充足盈满。

消磨了整个下午，7点多钟的时候，救生员吹着哨子，关闭了海滩。我们溜达到沙滩边的栏杆上坐着，看海。无数的海鸥和叫不出名字的海鸟上下翻飞，阳光依然强烈，远处的海水波光跃金。我们沉默着坐了大约一个小时，几乎快要睡着了。他把车开到一个叫作 Johnny's Reef Restaurant 的地方吃海鲜。我喜欢一种蛤蜊，把柠檬汁挤上去。有种油炸的贻贝也很棒，仿佛蔬菜一样。两个人就着龙虾和凉拌菜丝喝姜味啤酒，海风从礁石那边吹来，野鸭和天鹅都回到了港汊之中。

不久，何塞转到雪城大学去改学建筑，我们再也没有见过面，不知道他毕业后去了哪里。我一直记得天空湛蓝、夏风和煦中的生姜味啤酒。

江湖萍聚往往如此。徐志摩有一首广为流传的《偶然》，说的就是这种情形：人们都是天空里的一片云，偶尔投影在彼此的波心，大家相逢在黑夜的海上，值得记取的是"交会时互放的光亮"。

前不久，我跟着一个访问团，沿着湄公河马不停蹄在柬埔寨、泰国、老挝一线做调研。行程安排得特别稠密，白天几无余裕。一天夜里在曼谷，回到宾馆已经快零点了，忽然被同行的一位老哥喊下楼，居然遇到一个同样出差驻留在此的老友。这种奇迹般的邂逅，让我们都很兴奋。夤夜出门，找到附近著名的莲花大酒店，那里顶层有个叫 Sirocco Sky Bar 的露天餐厅，据说是全球十大最美餐厅，好莱坞电影《宿醉》就在这儿取过景。

我们点了一瓶红酒慢慢喝，聊着彼此的经历。俯瞰湄南河畔点点灯火，城市的喧嚣在夜空下归于舒缓，如同连入广宇的心事。没有宿醉，没有酒酣胸胆尚开张的壮怀激烈，倒是多了一些淡然松弛的温情体恤。

年齿日长，到现在我逐渐更深地理解了那些闪光刹那的意义。它们虽然短暂，却是生命的蓄电池，在遭遇苦闷、无聊、寂寞与荒寒的时候，它们积蓄的能量会释放出温暖与火花，宽慰我们，让我们感觉人间值得，生活还得以继续。

猥　琐

一

　　2010 年 3 月的一个阴冷的下午，纽约哥伦比亚大
学召开一场关于"离散"主题的会议，资深的印度裔
教授斯皮瓦克（Gayatri Chakravorty Spivak）做了个演
讲，我觉得非常精彩。几天后与另外一位英文系的女
教师喝咖啡，聊起来这个话题的时候，对方很不以为
然地说，斯皮瓦克欺世盗名、狂妄自大，她怀恨在心
的前夫甚至写过一本叫 *The Bride Wore the Traditional
Gold* 的自传体小说，将她塑造成了一个自私、虚伪、
唯我独尊的女人。这个八卦背后的学院政治和个人恩
怨，很容易让人想起戴维·洛奇笔下似曾相识的一
幕，甚至可能还有性别歧视的因素，所以我未置可
否。东拉西扯了一会儿，说起来当代文化的特征，我

福至心灵地说，如果要给当代文化找一个核心的关键词，可能就是猥琐。

我当时心里想的是中文"猥琐"，嘴里说的是 obscene，这个词有淫秽、下流、猥亵、可憎的含义，只涉及"猥琐"的一个方面，"猥琐"应该还有 wretched 的一面，就是讨厌、卑鄙、可怜的，大约就是可怜之人必有可恨之处的意思。也许在朦胧的意识中，我对女教师的饶舌有些不满，她可能在工作中受到过斯皮瓦克的压抑，在闲谈的不经意中就流露出怨恨的腔调——后者闻名国际、一贯强势，因而很容易招致带有嫉妒性的言辞。我注意到女教师涂了粉红的指甲油，还上了一层淡淡的粉色眼影，而她平时从来不化妆的。送她回到寓所楼下，她还邀请我上楼再喝点东西。夜晚归来邀请到私人住处喝点东西，在纽约这样的都市对单身男女来说的意味不言而喻。不过，我当时并没有意识到这一点。一个人往回走的路上又想起来猥琐这个词，忽然发现也许这个脱口而出的说法倒是切中肯綮。事实上，我在观察女教师精心的妆容的时候也几近猥琐——它成了我们共同的集体无意识。

这种无意识表现为我们不会坦荡直接地表达自己

的愤怒与喜好，暗自揣摩，欲言又止，然后在一种装模作样的社交礼仪中让一次私人约会彬彬有礼地完满结束，后来明白过来其中的一些细节与暗示，很可能只是自我色情内心的投射。我们就像从伍迪·艾伦片场中走出来的人物。内心戏十足而表演性的外观构成了一个人的公开面貌，本来虚伪是社会人对自然人的超越和牵制，属于文化的根本特质，但在古典时代这显然没有成为大规模的主导性行为模式，人格的组成有种内在的和谐，伪诈与正直、假面与真诚、善良与邪恶各自有其力度，虽然未必构成二元对立式的格局，却清晰可辨。人道主义观念里人性的复杂性糅合了这种力度，因而猥琐从来没有成为古典、启蒙或人道主义话语中的表述词语。只是在当代文化中——我说的"当代"是自我经验的当代，也就是从 1980 年代晚期到当下——它才降解为犬儒和后现代式的含混、模糊、暧昧。猥琐正是这种中间状态，它显示了雅正传统的失落，却也并非原生态草根污秽文化中的生命原力，在日益强大的社会制度、法律体系、科技与传媒语境中，个体普遍具有的琐碎、虚弱感有种下流和卑劣的走向。

在晚近几十年中，历史感在逃避黑暗的浅薄中不断削弱，未来在一种意识形态终结的幻象中被视作现在的无穷重复，顶多加上了一些无关紧要的多元选择项，大众无法与历史和自我建立有效而深刻的联系。在共识性的乌托邦破灭之后，每个人都被视作和自我界定为一个孤独的星球，而每个星球之间的引力波还没有被发现。媒体技术加剧了这种分离感，过分发达的资讯严重分散了人们的关注力，使得碎片化具有了世界存在结构的本体意味组成方式。碎片化必然趋向于多数、匿名和平庸，内在包含了精神的降解和堕落，甚至政治也需要通过平庸和猥琐来获得认可。这种感觉上的失落是从传统精英的衰落开始的，与现代以来的政治转型和大众文化的兴起密切相关，因而又吊诡地包含了民主与反叛的因素。思想左翼在全球范围内的失败，民粹和保守主义的兴起，在最近的美国大选特朗普的获胜中获得了最为鲜明的印证。这也是发生改变的契机，猥琐因此表征了当代文化的自我悖反和丰富的可能性。猥琐者对此心知肚明，但需要配合表演，他说：我们不需要改变生活，改变自己就可以了。

二

　　中文里的"猥琐"几乎是不可译的，《说文解字》解释"猥"是犬吠之声，而"琐"则是玉器碰撞发出的清脆鸣响，两种意境与听者感受截然不同的声音组接起来，形成巨大的反差，所造成的不协调和不适感的扭合，正好与人的外貌举止扭捏、拘束、不自然，或人格与品行的鄙陋卑劣、庸俗卑下形成相似的转喻，成为一个绝佳的形容词。在西方理性主义传统里，比如黑格尔和他的对手叔本华的共同看法，声音较之雕塑、史诗、散文直接作用于感性，最接近柏拉图式理念的绝对形式，在感性直观中蕴含了某种本质。"猥琐"就是这种词语，无目的中合乎理性，暗示了真理性的存在。"猥琐"在更古老的文字中通用于"委琐"，"委"即"虚与委蛇"中的"委"，是尾随、跟从、弯曲，这个字是一条冰冷、阴险、曲折而行的蛇的形象。无论是狗叫还是蛇行，"猥琐"无疑都透露出一丝低劣、阴暗、让人厌恶的味道。"琐"则又有另一层细小、微末、琐屑的意思在。这几个字组成的词语都摆脱不了负面与贬义的面貌：猥下、猥褒、猥佌、猥俗、猥猥、猥僻、猥凡、猥劣、琐任、琐务、琐劣、琐嗇、琐事、琐尾、琐屑……大部分是修辞性的，而非物质性的，兼具名词与形容词的属性。

最初以修辞性面目出现的猥琐，有着强烈的等级性。它关联的是卑贱、卑下、卑劣的人、物、事。"人蹇浅卑污而不能自立者，皆谓之猥琐"（《敬斋古今黈补遗》），这是品性的低劣与人格的未完成；物的容貌体积卑小也是猥琐，因为卑小连带起观者与触者的蔑视性通感；事情丝纷栉比、繁杂琐碎也是猥琐，因为它们带给人的是不胜其烦的轻蔑性体验。所以，猥琐的修辞性中内涵了道德和价值判断。体积、姿容或感受上的卑微鄙陋，给人猥琐之感，就如同"君子"视"小人"，天然有种优越感。这种优越感只有部分是"君子"与"小人"自身品质造成的，更多由他们的等级差别携带而来。猥琐同样是如此，它原本只是客观性的物理描述，却日益被附加上了心理评判色彩，并且由内而外地赤裸裸绽放开来。

大小传统等级之间的区别最为直接地体现在祭祀这样的家国大事之上。在国家制度性仪轨中，祭祀与兵戎并列，敬天法祖，庄严肃穆。换个场景，在未被

"文明化"的"小传统"中则可能呈现出狂欢性的面孔。直至今日依然存在于一些地方的跳丧，就是关于死亡丧葬的喜剧式表演。我曾经到巫山以南、武陵山之北，层峦叠嶂深处的恩施做田野调查，土家族就有着"撒尔嗬"的传统——死者逝去，接通另外世界的生命，生者则穿戴狰狞的衣衫面具，激情狂舞。死亡以狂喜的形态超越了悲伤与庄重，但这种狂欢之中蕴藉着对于生命的自然神话式理解，反倒在凶恶恣睢的外观中洋溢着神圣的敬畏。只是如今它已经被博物馆化，转化成表演性的"非物质文化遗产"和旅游观光项目。死亡的戏剧在另外的形式上被猥琐化了。我小时候在安徽乡下看过那种在红白事中都进行表演的江湖班子。穿着劣质比基尼的风骚女人伴随着快节奏的过时音乐进行杂耍，准色情的钢管舞和挑逗式的戏谑指向的是围观者的低劣趣味。这些乡镇吉卜赛人乘着大卡车游荡在河南、河北、山东、苏北一带，给贫瘠的心灵带去片刻的欢愉。他们是现时代的跳丧，剥离了恐惧与悲悯的内核之后，与观者形成了互动的猥琐空间：雇来哭丧的人坐在塑料布搭起的棚里对着扩音器咿咿呀呀地历数着死者的一生事迹，旁边搭起来的临时舞台上比基尼女郎扭动着屁股，死者家属有时候也加入到哄笑之中，晃动的追光灯时不时地打在乐不可支的观众嘴脸之上。

一个人做出了与其身份不相称的事情，如果这种不相称更多的是向下的，比如一个中世纪的骑士缺乏绅士的礼仪，粗鄙不堪，或者一个士人举子在公开场合不讲仪表，满口污言秽语，这些表现都不符合人们对其尊严仪容和社会地位的预期，那种预期里面原本包含着敬畏的因素，而它们却被拥有者本人毫不顾忌地丢弃，这是对象征价值的浪费，自然引起不满和鄙视，就如同一个农民不满和鄙视浪费粮食。这种情况下，那个人就是猥琐的。而阶层低下的人却并不存在这样的问题，因为基线很低，他们在文化语境中本来就是猥琐的，如果表现出不合本阶层规范的仪态与行为，虽然同样是犯规，却并不是浪费，而是一种向上的欲望，尽管很多时候会被上一阶层的人所鄙视，但反倒会赢得本阶层的尊重，获得一种义愤式的尊严。虽然他们公然表现出来也是不合礼仪的，但甚至在上一阶层人的内心也会隐约表现出尊敬，出于补偿和不满的心理，他们会以"仗义每多屠狗辈，负心尽是斯文人"的言辞进行表彰。从这个意义上来说，猥琐具有阶级属性。

当然，很多时候高阶层人士的放浪形骸，会获得一种美学意义上的浪漫情调，进而可能在小团体内获得尊重，但这是消极意义上的尊重。它来自背叛了更广泛群体里抱团取暖性质的相互安慰和砥砺，是一种亚文化。不得志的士人难申抱负、无计可施，又不愿意同流合污，同时也无法将自身降低到民粹的境地，因而采取了对踞高位的世胄和踩狗屎的细民的双重背离。像魏晋名士"越名教而任自然"会在后来的诗学想象中成为风流余韵，他们的行动中带有独立自主的人格，被看作是人文意义上的自觉，不但不被视为猥琐，反倒因为对于流俗的对抗获得了特立独行的风骨和华彩。但这只是在乌托邦层面的美学，甚至形成了一种流传至今的小传统，在现实领域却不具有普遍意义。

三

有一次我参加一个单位组织的处级干部读书班，学习马列原著。同屋是一个五十多岁的处长，举止文雅，面容平和，有着他那个年纪掌握一定权力的人特有的尊严。不过我很快发现那都是表象，一到小组讨论的时候，他完全说不出来任何东西，有时候你会感觉，他纯粹是在一种盲目自大的心理之下要吸引别人注意，所以不停地绕着圈子说着言不及义的废话。他那正确而又繁复的场面话，对于我而言简直是一种巨大的折磨。那种长篇大论的无意义庸见与一般老年人的絮叨还有一定的差异，前者纯粹是由于空虚和无聊引起的。我敢打赌，他一生中从没有完整地读过任何一本原著，都是从领导讲话稿中学来的套话。和这样的同僚在一起讨论完全谈不上交流——因为他根本没有听对方在说什么，事实上也不在意。这真的让我非常恼火。这位体面人内在的萎缩和空洞让我震惊，而他并不是唯一一个，这是一种道貌岸然的普遍性猥琐。

普遍性的猥琐有着近代变革与市民社会的底色，外显为精英阶层的道统、正统、法统、学统的分裂。原本社会是政教合一、混沌未分的，嘲讽精英是在统治性大传统之外的民间碎语，近代却发生了分化。最早对士人阶层进行猥琐性描写的《儒林外史》，便是诞生于礼乐中国遭到北方蛮族入侵的时代，"亡国"与"亡天下"的**谬辖**对撞中，是礼法社会的破损，尽管政教合一在随之而来的晚期帝制王朝重新被刻意标榜，裂缝已然产生并且愈加撕裂。当范进中了举人之后发疯，被丈人胡屠夫抽了个油腻的嘴巴，在为母亲守丧一面换了瓷杯和白色竹筷子尽礼，一面又从燕窝碗里拣了一个大虾丸子送在嘴里的时候，我们就会发现这种礼仪的名实之间的割裂已经深入到了日常生活的层面。"礼"的转折是一种全球性的现象，现代性分化之后，信仰、道德、审美分居于政治、宗教、伦理、美学的不同领域，这个启蒙主义式的主体性建立阶段，同时为人的外表与心灵的分裂埋下了伏笔。

人的精神分裂之前，猥琐是被全面贬低的。古典主义的悲剧、喜剧、崇高、优美、中和，现代主义的滑稽、荒谬，无论何种形态，都有着或捍卫或反抗的明确对象。事实上，古典时代只有作为形象与物质实体的猥琐，而没有猥琐话语。现代以来，精英的猥琐化，则让批判现实主义成为一种新的道统。而猥琐是虚张声势外观下的萎靡不振，作为一种美学，是对既有一切美学范畴的偏离，甚至都称不上叛逆或者颠覆，因为它没有欲望反抗，同时行动力欠缺，进而也就丧失了欲望——它所做的就是侧道而行，偏离、歪曲、躲避任何规范。讥讽都失去了能量，它不是要重估一切价值，只是满足于表演讥讽这件事情本身。

猥琐的兴起，来自当代社会对个人和自我的摧
毁，是主体性的黄昏之后对尊严的无可奈何的放逐。
资本与符号的挤压，技术与战争的毁灭性威胁，都市
生活中孤独个体的渺小感，让人筋疲力尽的快节奏，
这一切像无物之阵，弥漫渗透却又没有可以切实把握
的抓手。原先的共同体、机构与体制具有人格化的形
象，在权威丧失之后转化了混沌的机器。混沌的机器
一旦去人格之后，凭借惯性就变成了像无头骑士一样
的怪物。一切都是间接性的，没有谁对个人负责，而
个人也没法对任何集体和机构直接负责。体面的空心
人就是这么产生的。

他们是当代恐惧的产物。风险与危机无处不在地
蔓延，弥漫在社会中随时可能出现的疾病、失业、环
境污染、金融危机、自然灾害和战争，会让一个家庭
和个体陷入到多米诺骨牌式的生活雪崩，身处其中的
人们感到陷入无边沼泽的恐惧。现代的荒诞由此产
生，荒诞有其自身所应对的具体目标，它以一种扭曲
的形式进行嬉笑怒骂，有的时候甚至以恐怖与惊悚的
形式表现出来。日新月异让变化和不间断的更新成为
一种日常体验，非同寻常往往带来恐怖和畏惧，但如
果反常没有危险与威胁性，就难以激发崇高情绪的应

对，只有应接不暇的疲劳和懈怠。猥琐有着被压抑事物回归的一面，也即被道德规范和社会压抑的一面，在礼崩乐坏的缝隙中释放出来。但虚无是无法对抗的，无能为力的个体只能生产出永远无法抵达的欲望——诱惑。他不想与恶龙缠斗，也无意凝视深渊，他只是远离，回归到自己的内心。这正说明礼崩乐坏，同时是主体的沦丧。个人无力建构现实自我和进行建设性的思考，只能进行意淫，当意淫不再具有乌托邦维度，就化为猥琐。

猥琐有着意志消沉者的反抗表象，如果说丑还有力量，那么猥琐其实是一种放弃。马克斯·德索论丑陋与滑稽时说："和悲一样，丑是由不谐造成的。……图像艺术与戏剧经常表明，加上了丑便给崇高与悲以一种压倒一切的特点，这类的丑以其强度的不同而互相区别。有些东西我们不可能喜欢它们，但它们却不断吸引我们的注意。这种丑有着地狱般的吸引力，纵使在一般生活中，丑得变形、令人作呕的东西实际上都能使我们着迷，其原因不仅是由于它以突然的一击而唤起我们的敏感，而且也由于它痛苦地刺激我们那作为整体的生活。病痛者绝不厌倦于对着镜子注视自己的残疾，确实他们可能会对于自己突然出现而具有招引别人注意的强大吸引力而感到某种骄傲呢。艺术大师们在他们的作品里仅为艺术的目的而体现出这种刺激，人们都认为是合理的。"丑及与之相关的污秽、亵渎、邪典，带有一种自然本性的蛮力，根植于未被驯服的兽性一面，是社会的不和谐，甚至在某些特定的情境中能够像《巴黎圣母院》的卡西莫多一样焕发出崇高的光辉。丑有时候带有嗜痂之癖的畸形自恋，但猥琐永远不可能崇高，它是对他者与自我的双重唾弃。它在无力感中对世界已无期待并且充满憎恨和自我厌恶，期待丧失就没有梦想与未来，憎恨的结果是嘲笑诗与远方。猥琐具备反秩序的潜力，却丧失了心情动荡、摇魂夺魄的狂喜与激情，因而只能被迫最终主动地走向再造和谐的道路，在利己主义的平庸凉水中放弃了反抗的嘲弄，进而沉迷到伪装反抗的表演之中。因而从品味上来说它是非媚俗的，既非崇高也不低下，问题的关键在于它没有意志力和实践的能力，只能退而求其次，飘荡在无主之地。

这一点将猥琐与它的近代前辈颓废区别开来。颓废有着对抗工业化的阴郁面庞，魏尔伦在 1883 年写了一首情诗《恹恹》，将他所处的时代比拟于罗马和拜占庭的颓废时期，就像艾柯所说："一切事情都已

有人说过，一切快感都已有人试过，一饮而尽，唯余
渣滓。在地平线上，一个令老病文明无力抵挡的蛮族
已在蓄势进攻，如今能做的事只是你纵身投入极度亢
奋的想象带来的感官享受，罗列艺术收藏，以疲惫的
手摸索世代累积的珍宝。"精神迟钝但神经极度敏感
的猥琐者将感官凸显出来，感受力倒下降了，欲望成
为一个王国，精神收缩到肉体的城堡，并将之作为抵
御一切的堡垒。他们在城堡里纵情欢愉，欲望与本能
作为一种新感性形成了一个个小型坎普。与资本主义
上升时期的雄心勃勃不同的是，帝国扩张阶段的两次
大战摧毁了人本主义和西方中心的迷梦，进一步促成
了马克思与弗洛伊德的联姻，对外部世界的纵横捭阖
让位于偶然性的稀奇古怪之梦和非理性的玄想。1960
年代全球革命失败的后果是在美学上产生了一种自欺
欺人的封闭，马克思主义者转向了文化主义、认同与
身份、边缘的承认之类的微观政治。士人的后身——
知识分子再无勇气为更好的未来规划蓝图，立法者变
为阐释者，而如今更退一步，成了描述者。

　　描述是猥琐者的方法论。描述当然经过了主观汁
液的浸泡，却又隐匿了自身。猥琐者是聪明的，他知
晓一切，只是无力消化强大的外部世界，提纯出精

粹，只能吞食糟粕，展示现状。这是一种小市民阶层的美学，猥琐的心计包含着精明的世故因素，绝望之后并不是起而对抗——他当然也找不到敌人——而是转而向内与自我为敌，以自轻自贱、自我贬损获得一种精神胜利。这是知识分子对自己权柄的放弃，屈从于资本与媒介的无边压力，精英与大众在这里合流了。从这个意义上来说，阿Q是猥琐者的先驱。他在一切规范已无从确立的时候，具有革命的潜能，但最终反规范却耽溺于头脑里的风暴。头脑中的风暴再磅礴肆虐，也无法掀动现实中的一根头发，更何况他的头脑也不属于自己，而是耳闻目睹的话语的跑马场。依附性就成为当代文化的基本语法，知识的累加过于丰富，以至于每个人都身处影响的焦虑之中。神话原型主义者相信所有的故事只有一个主题，所有的书都是一本书，因为他们还相信集体记忆和带有乡愁色彩的文化积淀。猥琐者则失去了神圣信念，在消费逻辑的指引下，挥霍着过往祖先的遗产。他的做法是一视同仁的拿来主义，价值与道德等级从控制中解放出来，杂糅为后现代式的混搭。

混搭是对原则的毁弃，它让猥琐的内核展示为无节操的浮夸，在貌似自由之中显示了深刻的桎梏。罗森克兰茨也发现："浮夸是一个人的自由往往已经丧失控制的征象，而且每每在不适当的场合，在他不防之下迅速难以收拾而令他恐慌吃惊，因此，浮夸就像一个妖怪，在没有预警之下放肆妄为，使他陷入尴尬的境地。所以，喜剧演员总是喜欢在丑怪剧和诙谐情节里运用这项因素，至少是透过典故来表现……人，不管年龄、教育水平、社会阶级和地位有什么差异，全都有这种不由自主的卑下天性，因此这类典故指涉很少不令观众大笑的：低下的喜剧特别喜欢运用与此有关的粗俗、淫秽和瞎闹，道理就在这里。"浮夸显示了无法自主后的虚张声势，其背后缺乏正典喜剧所具备的与其针砭对象的内在统一性，同时没有像荒谬一样另起炉灶、别立新宗，于是竭力让身体和词语扭曲、膨胀与漂浮。

浮夸发展到顶点就变成了无厘头，这解释了为何当代猥琐是从大众文化中发源然后漫溢到整个社会当中的。作为神圣性破产后的孑余，后革命时代的"顽主"们在 90 年代的中国文化的大众化与通俗化中起到了过渡作用。在无赖式的流氓话语之后，周星驰式的"无厘头"电影一度接手代言了无节操的美学，它通过小人物来挪用、拼贴、反讽精英，同时也作践自己，营造出莫名其妙的笑点。周氏喜剧以市井世界取代庙堂与江湖，为猥琐者找到了家园，它们有种共同的"含泪的笑"叠加小人物最终逆袭的类型结构，让"真小人"挫败"伪君子"，这使得他与卓别林的落魄绅士范儿区别开来。因而无厘头的笑点是对第欧根尼、斯威夫特、拉伯雷、阿凡提、巴拉根仓之类幽默与讽刺的背叛，因为后者往往针对的是统治者及其话语，而猥琐还针对自己和同阶层。这当然并不意味着自我反思的成立，而是将反思表演化。因而笑点的背叛既是批判又是充满妥协的，它要讨好所有人，最好的办法就是连自己也捎带进去，抛弃一切意识形态上的成见和可能性意义，让所有人都得到感官上与理智上的多触手痒痒挠。伴随新世纪以后中国的娱乐产业化新一轮的高潮之后，连周星驰这类笑点也已经少见，相声、小品和喜剧电影采取了粗暴的硬性胳肢的方式，让无法会心一笑的观众尴尬症集体爆发。猥琐在形象与内容上真正当代化了，成为之前思想遗产和文化价值的附庸性产物。

四

1990 年，王广义的政治波普画和装置艺术《大批判》《护照》《基础教育》开始获得国内外的巨大成功。与他的前辈达利与沃霍尔相似，他的作品是对话性、依附性的，"文化大革命"与西方流行文化的拼贴与并置，总是附着在此前巨型乌托邦想象与意识形态机制之上。这让当代艺术成了一个吞噬父辈的食尸兽，就像工业化的食品公司用牛骨和猪下水做成饲料喂养出来的牛和猪一样。这是一个如同王朔在文学领域的角色一样的标志现象。不过王朔直接从语言狂欢中将关于真善美的迷梦替换为市民的利己主义真实。世界再也不极端，而变得更加"真实"。对于真实的态度是当代现实感分裂的原因，在依附性文化中我们可以看到两种真实渐行渐远。一种是官方理想主义的真实，一种是民间自然主义的真实。前者与资本相结合，开启了以综艺晚会和演唱会的直播（现场）假唱模式为代表的模仿性真实；模仿性真实里面除了舞台、导播这些背景是真实的，歌手的演唱是事先录制好的，他们只是在表演"演唱"的行为。自然主义真实则退回到纯粹的生物直观和远离意识形态的直接层面。在集体性历史方向感迷惘的情境中，两者的疏离最终统一到猥琐美学里。无论是向过去的纵深，还是向未来的敞开；无论是向精神的内里，还是向外的空间：匮乏必须要靠"真实"来填补想象力出走后的空白。

我们时代流行的"非虚构"就是再造"真实"，并且以剪辑出来的"真实"本身替代了现实。我有一个起步于"独立电影"的导演朋友，着力于记录边缘和底层的人物和事件。这种人文关怀有着令人起敬的动机，然而他过于相信"我的摄影机不撒谎"了，以至于没有意识到后面操持摄影机的人可能会有的狭隘与有限。我曾经批评过他的"法利赛人式的真实"，我觉得这种"真实"纠结于片面的细节，并没有带来深刻，倒偏离了复杂的"现实"，结果他与我断交了。这是一个很有意思的事情，因为以批判知识分子立场自居的人完全容不得任何别人的批判。怀旧性的书写则表征了另一种经验性真实，尤其在涉及中国革命历史的时候，我们会发现一种流行的意识形态"异见"式风潮，最初可能是源自 80 年代以来文学对于主导性意识形态的反拨，久而久之反拨本身成为一种套路——以日常生活的安稳、琐碎与卑贱，颠覆与拆解崇高与理想。

我还记得在 90 年代末上大学时候流行的文学趣味是"只一泡尿工夫/黄河已经流远"，这样的文本同样是依附于旧有的意识形态，因而只具有破坏性而不具备建设性。如果说一开始此类拆解工作尚有一定的价值，但很快它就失效了，并且转向了恶趣味。朱文的小说《看女人》曾详细地描摹了一粪坑冻僵了的屎，那是一种让人惊呆了的真实，并且是无意义的写实。屎尿屁的描写在文学史上并不少见，《巨人传》《十日谈》里就有这样的恶趣味，然而像朱文那样置身事外、不携带个人情绪的纯然旁观则极具时代症候。物、事与人等同起来，显示了一个作家在观察、理解、表述世界时候的态度的赤裸和平静，既不评判也不缩减，而是与实然同步。这种审丑、肮脏和恶趣味被冠以"日常生活审美化"之名漂流在 1990 年代以来的文学之中。近年来金宇澄备受好评的《繁花》以其"质感"风靡一时，它在怀旧与当下两线交替的叙事中，细密绵延的市井细屑、琐碎事象、物欲情思让人应接不暇，缺乏变化的叙述风格锲而不舍地营构了上海金枝玉叶和引车卖浆之徒的前世今生，写意当代洋场众生的生活机巧与生存智慧，充斥于字里行间的八卦绯闻、政治谶言、街议巷谈颇具"世情书"的意味，只是个体的经验性真实挤压了历史的宏观脉络。在儿女情长、飞短流长、钩心斗角、尔虞我诈的世界中，启蒙主义意义上的历史、人的目标与使命、梦想与远方，在这个中国进入全球经济体系、工人与农民原有的身份失效、消费型文化齐头并进的时代，就像横卧在山海关铁轨上被碾碎的诗人尸体。看女人和爱美元归纳了我们时代的色情狂和恋物癖，人民需要桑拿，有低俗的权力，却似乎无意辨析其中存在的道德伦理与美丑价值，他们丢弃激情，放逐目标，平静甚而欣喜地接受正在到来的变化。

张晓刚是朱文、金宇澄们在美术界的同类，《血缘》系列那个背着手立正的绿军衣小人，一本正经的全家福和男女少年，所有人的面庞、表情如出一辙，你看不到内在的丰富与复杂，他们是冷漠、乏味、"无个性的人"。这些形象是缺乏内在人格的机械人，对比加缪式的"局外人"就可以看得更清楚，后者是个性化的疏离，无个性的猥琐者则在漠然中还关心金钱与肉体。猥琐者的当代艺术形象与文学同步在日常生活审美化中逐渐确立起来，更多是岳敏君《标志性笑容》所呈现的那些闭着眼睛、张着大嘴憨笑、没有脑子的中年人，同样的千面一人，投射出权力体制下的模式人生，机械复制时代的人格。唯一不变的是无所用心，那洞开的嘴巴如同无底的深渊，是无尽欲望和自渎满足的黑洞。他们不恐惧，引起不了净化与陶冶的心理机制，却令人不安和沉沦。方力钧的光头男与憨笑者之间有着惊人的相似，较之于蒙克被压抑的无声《呐喊》，方力钧的光头们在沉默的内心里号叫，张开嘴巴，里面伸不出舌头，只有空空荡荡，那不是被压抑者的呻吟，而是自我压抑者的慵懒、厌烦和倦怠。798 工厂迄今还树立着肥胖痴笑的猥琐男雕塑，仿佛昭示着当代文化的灵魂。2006 年北京宋庄美术馆刚建的时候，有一个以"人之道，影之道"为主题的展览，我记得在黄昏时分看到吴高钟作品留下的诡异印象。他这个名为"悚然的记忆"的作品多是日常用品的装置，比如手电筒、钟摆、拆开的信、皮鞋、玩具枪，所有的物品上都粘上了霉变般的黑毛，如同被水长久浸泡后的尸体。物的尸体给人时间中的惶惑感，直指猥琐美学的幽暗内心。

倦怠是我们时代最主要的表情，无所谓则是其态度，但猥琐者也有极为亢奋的一面，在流行音乐领域最为明显。出于对李谷一、邓丽君那些小资情调的 80 年代抒情主流的厌恶，由崔健开启，一段短暂的摇滚黄金时期曾经延续到 90 年代中期的各种乐队："唐朝""黑豹""指南针""呼吸"和"眼镜蛇"……

他们可以视之为对政治与社会裂变的应激性反应，昙花一现后他们迅速被一种轻靡的感伤主义所替换。无论是民谣、古风还是口水歌，都以极度程式化的形式充斥在后打口卡带时期的音乐市场。伤感在符号化中变成一个乐此不疲的兴奋点，以至于让歌手与听众都兴奋不已，粉都（fandom）群体也在这个时候的"80后"一代迅速形成，为娱乐狂欢添砖加瓦。感伤主义有着柔情、清新、怀旧、治愈等多种功能性区分，在网络新媒体的支持下更加细化，精准定位了市场份额，却并没有一统天下。因为技术便捷让另外一些民间鄙陋音乐同时展露出来，源于云南乡野俚曲的"山歌教"一度让习惯了精致化小资美学的人们感到不适。在内心深处，作为时代文化主干的小资以为自己是掌握文化领导权的，他们因此被其粗糙的鄙俗冒犯了。龚琳娜则是猥琐音乐的成功典范，体现了真正的时代精神。她原先与萨顶顶一样都有民乐的背景，其后的发展路径却大相径庭。萨顶顶、朱哲琴之类冒用了异域风情而走向世界主义，她们就像那些被抽象的文化符号如藏传佛教、茶道、花艺一样，符合向往欧美中产阶级生活方式的文艺青年趣味。龚琳娜则以一种神经质的方式整合了被戏称的"农业金属"、戏曲和杂音，并同样获得商业上的成功。当然她们最后都在筷子兄弟和广场舞那里握手言和。庸俗大众全面接管了原先最为接近理念的声音领域，并与身体运动和健身保健结合起来，成为当代文化的典型。

身体是猥琐者最后的皈依之所。在资本对时间与精力的盘剥幻觉中丧失反抗能力的个体，乐于选择对自己动手，即便是自我变革，因为没有主体性的能动与自由，也是随波逐流。它反身向内，只看见里面一无所有，肉体成了唯一的实体。肉体一方面试图通过苦行式的健身、跑步、瑜伽来使自己从腐败的统治与被统治氛围中逃离出来；另一方面在自恋的驱使下，加倍呵护身体，健体、跑步、塑身、美容就成为一种合谋的意识形态，甚至不惜通过手术改变自身的面貌。最等而下之的是还会通过美颜相机和 Photoshop 修图，然后自娱自乐地通过新媒体扩散出去。没有人会真的在意他人的这种自我形象，所有的一切都是猥琐者自我代入感的戏码。这个实体苍白孱弱，为了存在感，不得不打起精神强颜欢笑。猥琐者的行动因而总是在皮肤上。皮肤让色情替换了感情。他以为自己特立独行，其实不过是生怕被公众所抛弃。佯狂难免假成真，当价值观模糊的个体在反讽上东施效颦的时候，他往往会走向迷失，到头来在颠覆的同时形成了对自己的消解。文本与生活之间的互文，是景观世界里毛骨悚然、细思恐极的现象，然而所有人都已经身在其中。按照时尚杂志和广告的言辞来打造自己的生活方式，通过大众传媒传递的信息认知世界，体育与影视明星则成为价值观和理想的标尺，这种二手生活面面俱到。视听娱乐的文本通过将某个象征与符号偏狭化处理，剥离它们寓言的性质，进行全方位的传播，在同义重复中形成了文化潜意识，内化成人们的情感结构和认知方式，唯独没有现实的实感。

五

现实与现实感的变异源于当代生活中信息的泛滥与经验的贫乏。随着新媒体技术的发展和社交媒体的普及，21 世纪初年见证了一个有史以来最为饶舌的时代的到来。经验其实极大丰富，只是人们不愿意去体验，与此并行的则是意见的泛滥。于是在政治与道德上出现了双重扭曲：政治正确与道德正确。政治正确如今成了一种文化习俗，比如我们不能轻易就有色人种、边缘群体如同性恋或者异装癖、女性问题、宗教基要主义发言，无论此类言辞在法律上是否合法，都可能遭受到自尊心旺盛的该群体人员的攻击，而投机者则会添油加醋，加入到攻击者的队伍。一般而言，发言者从来不会有好果子吃，时间久了也就是学乖了，即便面对明显的不义和不公，也会回避。当政治无法公开谈论的时候，只能转向批评文化，虽然情有可原，也还是猥琐。这是一种装睡状态，某些时候，相对于主导性的意识形态而言的不正确，也是政治正确的一个有机组成部分。尤其在涉及少数民族、底层、女性话题的时候，那些自诩"独立"姿态的学者、文人和电影制作者，往往特别情有独钟，因为舆论和精英阶层需要无须成本地实现道德感上的自我满足，没有比这更猥琐的了。

　　道德的猥琐状态还没有思维的猥琐退化危险。我想起前不久柴静关于雾霾的调查《穹顶之下》引发的广泛争论。那个纪录片在科学常识上的错误往往被其拥趸忽略了，因为身处雾霾之中的切身之痛，让他们丧失了理智。有意思的是，柴静曾经就碳排放的问题采访过参与碳排放谈判的中科院院士丁仲礼，她以一种去政治化的角度咄咄逼人地质问为何中国不按照IPCC（联合国政府间气候变化专门委员会）制定的方案去执行，而要坚持自己的方案。其实，地球科学和大气科学研究气候变暖固然有一套量化的计算，但即便不带有民族主义情绪或者发展权问题，碳排放权的分配问题本质上也一定是政治问题。碳排放到底怎样才公平，各国都有自己的利益算计，自然会有各自的方案，其中明显充满了对中国的不公正。回避这一点去谈论普世问题显然言不及义。我曾经在朋友圈转过这个采访视频，没有想到却引起了几个朋友的不满。有一个大学教授朋友讽刺性的回复非常有代表性，他说："雾霾天骂柴静，好爱国啊。"确切地说，这种反应是一种惰性的反应。因为一我并没有骂柴静，二爱国并不应该被讽刺，三这是两件事，并不存在逻辑关系。惰性反应体现在他本能性地指向一厢情愿的道德义愤，而不是理性的思考，并且试图找一个替罪羊将自己摘了出去：环保这种全体性问题，人人都难辞其咎，我们的生产、生活和消费方式决定了它的产生，任何一种片面指责政府的欲望或个体的欲望都是思维上的猥琐，大学教授也并没有因为多受了几年教育就更不愚蠢。

其后果是文人精英逃避责任，关注社会议题的话语，不关注社会本身。文本这个时候大于文本表述的

河水向前 ◎

对象本身，也许他们并非不想关注社会本身，只是出于怠惰和软弱，无法进入，不愿意花费时间与精力。就像那些关爱东京湾的海豚、印度尼西亚的蝠鲼与在自己房里宠物的人，博爱天下，温情四溢，除了对他的同胞、同类和亲人。任何人都无法身处在某个闭塞、蛮荒之地的粗暴之人中间去想象野性的思维，文本为这种移情提供了一个简洁的换位途径，这情形就如同我们经常看到的，在 Facebook、Twitter、微博上对某个新闻事件发言与评论，哀悼某个公众人物的入狱或者逝世。需要展示自己社会关怀的知识分子有时候会坐在扶手椅上，根据媒体报道去构拟现实、进行反思、实行批判，这让他们往往失之毫厘谬以千里。比如文学批评者热衷于讨论"底层""打工者"的悲惨境遇，"博士返乡"看到的乡土沦陷，媒体分析者从"快手"这样的视频软件中悲悯中国农村青年的沉沦，因而构筑出一个"残酷底层物语"。然而事实上是，我每年至少会调研三五处各地农村，经过作家和媒体制作者表述出来的戏剧化的异类，能够观察到某个侧面，却不可能作为考察中国农村的切片。绝大部分农村青少年是在毛坦厂中学、东莞的服装流水线、苏州工业园区的电子厂车间、西成客专隧道的挖掘机、阿合奇牧场的马背、无数建筑工地上的打桩队辛苦挣扎，却也未曾如同想象中那么绝望，或者丧失对美好生活向往的人。很多人在物质上经过一些年的打拼，较之岌岌可危的中产阶级也并不差多少。他们其实是不灭而躁动的地火，颓废与活力并存，绝望与希望同在，不停在运行，毁灭有之，爆发有之。只是很多知识分子不愿意走下去，也不关注这些媒体聚焦之外的青年，或者因为道德虚荣心的需要，刻意注目于"底层"中绝望的一面。想象停留在头脑与虚拟层面就满足了，因为它并没有实际的对象。他会回避深思熟虑与悲伤，尽力拥抱安逸与无伤大雅的苦难，更多时候那些只是作为乏味生活的调剂品。

我所居住的小区有一家连锁美容美发店。第一次去的时候我就在理发师的劝说下办了一张预先充值的会员卡。此后每次去，不仅那个理发师，每一个遇到的店员，洗头的学徒工、吹头发的美发师、结账收银员都会一遍又一遍地让我接着充值。这让我很费解，明明卡里还有很多钱，而我每次都是客客气气地告诉他们小区附近只有他们一家理发店，我不会跑到别家店里去。但依然没有用，他们仍然像复读机一样重复那套说辞，直到前不久我才弄明白为什么会这样。原来，他们连锁的十家店彼此相互竞争，每个月进行评比，每家店拿出一部分钱奖励业绩最佳的门店，而所有其他失败的店中，店员们都要进行他们称之为"自我激励"的自我惩罚。这家理发店采取的就是每个店员在自我检讨失败原因的时候抽耳光。在告诉我这些的时候，给我洗头的小姑娘笑眯眯地告诉我，这还是最轻松的，因为隔壁做公开演讲培训的公司"激励"的措施是让员工吃蚯蚓。我问她，是店长抽吗？她说，是自己抽，经过了我们所有人同意的。我们时代的猥琐就是这种打耳光的激励法和吃蚯蚓的成功学。它将责任推卸掉，并且经过民主的程序内化为员工自我的认同，员工们甚至为此跃跃欲试。面对这种弥散性的现实逻辑，我完全没有任何应对能力。

没有代价的道德担当，就像那些八竿子打不着的亲戚在逢年过节遇到的时候，会关心你的收入和婚事——他们并不在意你真正的幸福，只是在表演自己的关爱。苦楚与灾难被封闭在屏幕、显示器和液晶终端上，充当了道德货币的替代品，通过轻巧的方式就实现了道德红利的切割，至于新闻背后究竟如何则实在没有兴趣。新闻的存在方式是结局知晓性的，过程与前因后果的复杂性被归纳为简明完整的故事，后续的发展旋即被奔涌上来的其他信息潮流冲走。媒体呈现出来的新闻事实上总是经过剪辑、梳理和编排的，因而这种刷存在的举动其实是对影子说话，是人们的自我意淫，与在发布经过美化的自拍一个道理。他并不真正关心外部世界，只是要实现去个性化的自我，像西力（伍迪·艾伦自导自演的 *Zelig*）一样不断变形。因而在传媒时代发生了一种鲍德里亚所说的逆向的蝴蝶效应，不是亚马孙丛林中蝴蝶翅膀的振动引发了得克萨斯州的一场飓风，在传媒上可能恰恰相反。价值与意义在大众传媒中遭受了沉重的降维打击，某个局部战争、自然灾难或者全球性生态危机，最后可能诡异地化为总统的桃色传闻、邪教故事、宫闱秘斗、丑陋的政客阴谋论。

数字化可能是去个性的罪魁祸首。我们时代的两种数字化紧密结合起来，一种是提供技术支持的 Byte 数码化，另一种则是由统计报表、GDP 增幅、销售额度、投票支持率组成的社会运作模式，至其极端，连穿衣服、天气情况、锻炼身体和幸福也有指数。为了迎合大多数，某个通行的平庸规范在文化上成功地报复了压抑他们数千年的精英，众人一起在数字的洪流中和光同尘。手机的实时通讯让所有人都同时身处异地，低头与无线信号不同节点上的 ID 联系的人，唯独不在他自己的现场。所有现实如今都通过媒体进入了再现领域，现实被技术透明化，过剩的信息就成了淫秽，挤占了珍贵的精神与反思空间。

猥琐在今日成为一种日常用语和潜在文化模式，就是猥琐由少数精英向更为广泛的大众空间蔓延的结果。因为过分地泛化和滥用，它反而去道德化了，在猥琐文化形象——那些文学、美术、电影、音乐，日复一日的覆盖和浸润下，人们不再以猥琐为耻，反而认为那是一种常态。当然，猥琐的负面意义部分地得到了保留，却愈加中立化，有时候会被用于自我解嘲，而这种自我解嘲背后有着深深的自卑与自大融合着的自我。理性的反思性人格让位于感性享乐主义，道德观的下移不再被认为是堕落的，而是多元主义的表征。人们能够理解印度那些强奸少女的暴徒与恐怖分子的自杀式袭击，但就是不理解为什么会发生这些事情，也没有打算去解决。一切都在相对主义的模式之中赢得了自己的合理性证明，而缺乏稳固价值立场的相对主义会造成思想上的零和游戏，从而窒息行动的发生——人们宁可相信星座和塔罗牌。

20 世纪在霍布斯鲍姆的世界史叙述中被认为是一

个"极端的年代",而 1990 年代则是从 1914 年"一战"开始到苏联东欧解体的"短 20 世纪"的终结。历史退隐成了休闲和忆旧,它或许没有终结,但再也没有人相信或者去做线性发展的设想,它被摊平为一种二维平面,缺少了力度的纵深。更因为虚拟空间的出现,现实和历史都成了一张无限循环的网。在这个没有中心的网里,也许激情不再,却也并不全然冰冷,它的温度是恒定的无过无不及,因而是死寂的。孽变与滋生都需要温度的变化,猥琐文化因而是绝育的文化,只是不停地在复制自己的镜像。

要改变已成文化主导模式的猥琐非常艰难,因为它不具有明确强硬的主体,所以批判也找不到靶子,更何况猥琐语境中的批判者自身也难以撇清与洗刷掉自己身上的猥琐因素和猥琐型思考模式。人只能理解低于自己的事物,而很难突破认知能力的瓶颈,向高一级别的事物攀升,这解释了为何当代文化几乎只能是猥琐当道。当大人君子成为陈年往事,文化形象便不可能具有史诗时代的英雄气质和卡里斯马魅力,而只能是小人、恶人、阴暗之人。这里显示出猥琐文化生产的秘密,却也是它的契机。波德里亚说:"应该考虑到,我们已经进入一个禁止思想的阶段,因此必须准备向虚拟的地下活动和地下墓穴过渡。"禁止思想的不一定是某种强权形式，更有可能是习以为新常态的文化模式。反猥琐也许要我们重提起尼采般的思想之锤，去追问：你跑在前面？你是真实的吗？你是一个旁观者，还是一个动手者，或者是一个掉转目光的回避者？你想同行，还是先行，还是独行？

那些一度不被视为思想的疯癫、亵渎、非理性的迷狂，独立强力的意志构成了新时代精神隐秘的矿藏。如何从猥琐提炼出细微的生产性因素，也许需要一场类似于文艺复兴式的范式转型。"为此，我必须穿过它们"，但首先要穿过我们自己。

这需要诚实、正面而又一针见血的态度。设想一下这样一个齐泽克式的场景：猥琐的怪叔叔看到一位年轻貌美的辣妈带着刚刚会说话的小孩，他垂涎于辣妈的美貌却又不敢正面去搭话，于是，假装有爱心地去逗弄小孩，别有用心地问他："你是从哪里生出来的啊？"小孩无比准确而又振聋发聩地答道："妈的逼！"

最初的阅读

冬者岁之余，正是读书时。《礼记》里记载古代贵族春诵、夏弦、秋学礼、冬读书，也是说岁末年初、冬春之际，诸事消歇，心思宁静，适合诵读。春节将至，又到了一年中最好的阅读时分。

中文中有许多词语特别生动，有种当下即得的妙处。比如文盲，当一个人不能识文断字，他（她）所面对的只是一个未经编码的世界，能够看到光怪陆离的表象，却很容易迷失在形象的海洋，像瞎子一样不能对那些纷纭事物做出指称与判断。比如文明，文像光一样照彻混沌，原本晦暗未明的世界一下子明亮起来。又比如文化，"人文位育，化成天下"，文就如同春风化雨，滋润、改造并塑成了人和社会本身。

从物理的、情感的、经验的世界向精神的、心灵的、超越性的世界的拓展，这一切都与阅读关联密切。我说的并不是那种对图像、视频或者影音图文结合形态文本的泛感官化阅读，而是指对文字文本的阅读，只有这种阅读才开启了一个生理意义上的自然人，走上历史化与社会化的路途。他（她）接触到的文本范围、理解的方法、对待作品的态度和情感，不仅仅关乎信息的得到与知识的获取，更多意味着敞开世界的高度、宽度和深度。

因而，一个人最初的阅读，往往决定了其一生的精神框架、思维方法、看待问题的角度和认识世界与自我的方式。就如同睁开了另外一只眼睛，打开了一个全新的宇宙，一个由抽象符号构成的宇宙，蕴藏了无垠的时空、无尽的智慧和无穷的魅力的宇宙。

就自己的体验来说，我最早的阅读范围极为有限，不过是遇到什么读什么。四年级的时候从同学那里得到一本《三国演义》，囫囵吞枣翻完，那是生平读过的第一本名著，许多年后才发现它潜移默化地影响了我后来很多年。我相信绝大部分普通中国人所接受到的关于王朝政治、忠孝节义、英雄情结的教育都是来自此类通俗化的历史演义，而不是《三国志》那样的官方史书。当然，一部经典作品可以从不同的角度进行解读，比如我们可以看到诸如《三国演义》与职场智慧、企业管理之类的阐释，但于少年时的我而言，它奠定的是一种天下大势的开阔视野、关于分分合合的历史认知，最主要的是塑造了一种理想主义的情怀。

少年的心性相当单纯，却并不意味着简陋。当时吸引我的并不是被人津津乐道的权谋和计策、战斗与搏杀，而是蜀汉的仁义与理想。《三国演义》显然是站在蜀汉立场上的文学叙事，这背后渗透着对于"正统"的追求和儒家观念，同历史自身进程中的强权、功利和实用主义不同。打动我的是小说中空有虚名而起于底层的刘备，他的宽厚仁慈和在汉室大势已去的情形下的逆天而行，以及整个蜀汉集团代表性人物的"知其不可为而为之"的勇气。蜀汉从自然地理到人口条件同东吴和曹魏都没法比，这也不妨碍诸葛亮在刘备死后依然要六出祁山，试图北上伐魏。姜维甚至都没有见过刘备，在诸葛亮去世后一直继承并坚持"恢复汉室"的理想到了生命的最后。

现在回过头再看，我少时的理解不尽准确，《三国演义》同正史当然也相去甚远，曹魏可能才代表了真正的历史趋势，但是小说并不是还原历史，而是讲述人在历史中对于初心的坚守和奋斗。这一点才是打动我的根本，也构成了家国情怀的最初来源，它让一个乡村少年的视野拓展开来，心胸放宽，并且理解"失败者"的光辉之所在，至于"文学性"本身倒在其次。所以，我后来想，最初的阅读一定要读那些经过时间洗礼和检验过的经典，能够奠定观念基础的读物，它可以是《理想国》《论语》，也可以是《荷马史诗》《史记》。

许多年前，一家报纸的阅读周刊约我写一篇文章谈一谈少儿阅读的问题，并且让我推荐一个书目。我记得我强调了电子媒介、图像叙事时代阅读文字作品的重要性，当时列了五六种，除了像《世界五千年》《少儿百科全书》这样的通识作品之外，还推荐了几种：《西游记》有助于孩子感性了解中国人的基本世界观，儒道释和各类杂家知识都包含在这个有趣的故事里，并且它还有一种在明了社会的世俗化背景中，反抗固化秩序和顺从道德的品质。《鲁滨孙漂流记》不光是一个个人努力的故事，而且是一个自然人如何在混乱中建立秩序的寓言。《安吉拉·卡特精怪故事集》则体现了人生经历和人类品性的丰富性和复杂性，让人认识到人世间不仅有爱、温暖、慈悲、同情、善良、真诚与美，也有恨、嫉妒、黑暗、暴力、邪恶与丑陋，这有助于磨炼心性。

这些推荐肯定很多人不同意，我也并没有觉得就正确或完美，这个因人而异，很多作品其实是多义性的，不同的年龄段会读出不同的意涵。孩童可能比一般成年人想象中要更加充满容纳力与潜能，不能过度保护，用幼齿化、低智化的东西去糊弄。他们自己会做出拣选，前提是必须有得选。我只是想让最初的阅读变得更加多元化，就像世界本身是多元化的一样。

春节期间，是踏雪寻梅，还是向火勤读，是欢宴出游，还是坐拥书城，都是多样化的选择，无所谓对错。不过如果你问我，我的回答是后者。

读书种子

很小的时候我就爱读书，乡里的邻居有时候与我父母闲谈时，往往称赞一句"这是一个读书种子"。那时候也知道这不过是一句恭维之语，不可当真。后来随着读书增多，发现"读书种子"这个说法居然是个文人古语，最迟在北宋黄庭坚那里就用过这个词，大致的意思不外乎指喜欢读书之人，引申为文化的传承赓续、连绵不绝——书在世间流转，如同种子落入地里便会蔓延发芽，滋生繁衍。乡民敬惜字纸，依然葆有了对文化的神秘感和敬畏之心，不知这个"读书种子"何时何地被听到，流播人口，传承至今。

但书有其自己的生命，并非都是那么幸运，它们诞生之后，甚至称得上命运多舛，焚书坑儒这样的偶发性事件不算，水浸火燎，兵燹蠹蚀，都是可遇不可避的常规性灾难。逢到那些强作解人的还有可能妄行校改，曲解原意，搞得鲁莽灭裂，支离破碎；或者变乱旧式，肆意删改，弄到谬种流传，贻祸后人；鲁迅还曾经嘲笑过今人标点古书，往往佛头着粪，是水火兵虫四大害之外的三大厄。最可悲的是知音难求，有时候呕心沥血之作出来，可能泯然无闻，一腔壮志满怀激烈的热情很大程度上就付诸东流了。藏之名山，传之其人，更多是美好的愿景。在出版业兴盛便捷、信息大爆炸的当下，被埋没的可能性倒是最大的，这个时候就端赖读书种子的出现了。

我倒并不认为自己是读书种子，但是读书确实是从小养成的爱好，这个可能与个人的气质禀赋有关，不是强求得来。事实上，在我成长的年代，已经盛行读书无用论，不再是汪洙《神童诗》中所谓的"万般皆下品，唯有读书高"的时代了，人们更感兴趣的是怎么挣到更多的钱。世事焱然蝶变，读书作为一种阶层攀升的手段，日益失去了科举时代乃至恢复高考初期的那种改变命运的功能。即便是那些没有别的路可以走，只能指望读书升学来改换门第的人，往往也更倾向于那些实用性的学科，以便将来在社会上能够方便地将读书获得的象征资本和功利价值进行方便的转化与变现。时势所趋，人们的趋利避害是自然选择的本能，并没有太多可以指责的地方，而在这样的时候，读书种子的非功利性的读书就显得弥足珍贵。

回想我个人的经历，最快乐的时光都是在图书馆度过的，那里提供了一种让人沉醉的气场和氛围，让人浑然忘我地沉浸到书籍所构成的知识世界之中。大学时候我可能是全校里面在图书馆待的时间最长的学生。图书馆形成了一个封闭的空间，让人能够在一个没有干扰的、安全而又宁静的环境中，完全投入到思想与精神的交流，这是一种私密的体验，其幽微精妙之处，难以用语言表述。它就像一个微小的宇宙，古往今来中土异域的群星隐去光芒，聚集在那里，暗暗发射出心灵的热力与能量，它们似乎难以捕捉却又触手可得。对于我而言，那真是一个奇妙而充满魅力的地方，能够在这样的地方与人类历史上最精粹的灵魂交流简直是世上最幸福的事情。做过图书馆馆长的博尔赫斯在失明之后曾经说过，他想象中的天堂应该就是图书馆的模样，我觉得这才是一个读书种子说的话。

记得大学时候某一个中秋节，图书馆只上半天班，我从上午坐到中午下班，沉迷在一本书中无法自拔。图书管理员是一位苛刻凶狠的老太太，但是对我挺友善，可能因为来这里读书的人并不多，她总是看见我，虽然没有怎么说过话，也算是熟人了。我埋头在书桌前，没有注意到老太太下班走了，等她招呼我才发现她已经吃完饭回来了，还给我带了一个盒饭。她一脸肃穆地说，我不锁门了，你看完替我锁上，然后就自己下班了。虽然她面无表情，然而这个事情可能是我对那个大学最温暖的回忆了。

工作以后虽然单位图书馆并不能让人满意，但依然是我厮混时间最多的地方。在北京的日常生活中，如果说有什么值得称道的，无疑是有国图、首图和各个区图书馆的存在。虽然北京的图书馆也几乎都是人满为患，但它们让喧嚣的街市、拥挤的交通、污浊的空气、激烈的竞争压力都有了可以忍受的微薄理由，至少于我而言是这样。读书的时间与空间隔离了外界的喧嚣，似乎是一种逃避，然而不计功利的阅读岂非是人之为人，超越于汲汲于稻粱谋的根本？即便是为了更好地谋生，功利性的阅读岂非也是获得基本技能的途径？

不过喜欢读书的孩子似乎真的在减少，2012 年我在良乡住过几个月，给中国社会科学院文学专业的研究生开了两门课，采用的是工作坊的方式，每周就一个专题提供一批中外文平均四百页的阅读材料，让学生阅读，指定一个发言人就所读材料做主题发言，其他人讨论，最后总结。这是国外培养研究生的常见方式，我准备得很认真，每次都将选择好的经典论文和书籍节选扫描成 PDF 文件发到学生的信箱里，并就所要讨论的主题做一个简单的线索提示。但是在实际的进行中，我发现几乎没有一个学生读完了所有材料，有的学生甚至拿百度来的大路货色敷衍了事，而缺乏自己的见解，一听就是没有真的读原作，这让我颇为遗憾，因为高强度的阅读是建构基本知识框架的必备条件。当我苦口婆心地对他们说认真地读完康德三大批判，会感觉到智力都会得到提升，望着那些无动于衷的面孔的时候，心中充满了沮丧。

这并非孤立的现象，也许我们时代的阅读模式正在发生深刻的变革。更年轻一点的孩子都愿意通过电脑手机网络来获取信息，喜欢轻松的娱乐而规避艰难的沉思。我一度固执地认为，只有严肃而深度的阅读才能传达与汲取精深的智慧，没有难度的阅读永远只会是浮光掠影。后来想想，这也许有些狭隘，阅读也分为专业阅读和业余阅读，我可能更多从精英的角度考虑了。也许情况并没有我想象的那么糟糕，每个时代都有自己的文化模式，人们会找到属于自己的知识接受与生产方式，读书种子可能永远只是少数人要扮演的角色。

后来我在四川大学兼职带语言学和人类学专业的研究生，因为在异地，不常见面，学生让我开书目。开书目这种事情因人而异，我给学生罗列了不同的书，但不再要求他们定期写读书报告了——读书的事情强求不得，顺其自然最好。每个人本身的材质不同，性格各异，也不必强求一致，不爱阅读的孩子可能有其他的方式来获取知识、砥砺思想。读书是书写文化的产物，在印刷文化普及的时代最为兴盛，在如今多媒体兴起的语境中衰落情有可原。一方面工作方式的改变与生活节奏的加快很难保证阅读的静谧时光，打破了宁静悠长的阅读反刍时间；另一方面，影音图文乃至动态变换的新媒体形式，也挤占了原本用来阅读的空间和方式。这使得我们时代的阅读更多呈现为碎片化、高频率、低沉浸和浅层面。但换个角度来说，可能阅读行为本身因时代发展而发生了变化，它可能转换为更为轻松、便捷甚至娱乐化的形式。阅读不是教化的，它在我们这个多元化的时代，日益成为一种个人自然而然的修为。

古希腊、古罗马的典籍在欧洲的中世纪一度遭基督教世界的压抑而沉寂不见，但是因为有 8 世纪后期到 10 世纪初阿拉伯人的百年翻译工作，保存在伊斯兰世界，在中世纪后期又重新回译到欧洲。亚里士多德、柏拉图等人的哲学著作，希波克拉底和盖伦等人的医学著作，欧几里得、阿基米德、托勒密等人的数学、天文学著作……这些人类文明轴心时代的遗产经过起伏不定、兜兜转转的命运，再次焕发生机，为欧洲文艺复兴运动的兴起提供了丰富的思想文化养料。王夫之深闼固藏，其身长邈，其名寂寂，其学不显，《船山遗书》埋没不彰二百年，但终究有后学邹汉勋、邓显鹤、曾国藩兄弟发幽抉秘，使之重见天日，并蔚为大观。时间最终会还给书与读书者一个晚到的公正。因而可以乐观地想象，新媒体时代的阅读纵然改变了印刷文化中的阅读方式，但读书种子依旧不会湮灭，就像落地的种子无论是在有机腐殖质的土壤里，还是在化肥与水培植的科技农庄里，只要它具备活力的素质，同样都会如期发芽，葳蕤生长。

无日不是读书天

北窗高卧闲读书，是我能想象到的最惬意的事情。信马由缰地读些忙时没时间读的书，没有通告要赶，没有计划要拟，没有杂务等着处理，"纸屏石枕竹方床，手倦抛书午梦长"，顺其自然，无拘无束，真是优哉游哉，堪比羲皇上人。而不读书，往往不仅仅是让人觉得面目可憎，还有可能闲来生事，搞得身心不宁。康熙年间的文华殿大学士兼礼部尚书张英在《聪训斋语》中说："书卷乃养心第一妙物。闲适无事之人，镇日不观书，则起居出入，身心无所栖泊，耳目无所安顿，势必心意颠倒，妄想生嗔。处逆境不乐，处顺境亦不乐。"可能正是因为有这样重读书的家训，他才培养出张廷玉这样身兼三部尚书、保和殿大学士和首席军机大臣的儿子。

当然，这说的是新兴视听大众文化没有兴起之前的时代。如今人们在闲暇的时候可能更多的不是读书，而是玩手机。手机有手机的好玩之处，因为连接了网络，它就连接了几乎无穷无尽的信息源头，那些不同的信息既有文字，也有图画，更有音影字图融合在一起的视频文本，还有各种你能够想象得到的 App 交互娱乐和游戏。它们带来了多种选择的可能性和看上去自由的空间。但这一切可能只是表象，恰恰因为如此，它成了一个注意力的黑洞，以其难以抗拒而又自然而然的诱惑力将时间、精力、专注和耐心都吸附进去，消解于无形，而人们还浑然不觉。

很多人可能都有这样的经验，临睡前习惯性地刷一刷微信或者微博，不经意间一个小时两个小时就过去了，在最终决定关灯睡觉的时候会痛恨自己又消耗了很长一段时间。那些时间原本可以用来读书或者做一些放空自己的遐想，但在网上瞎逛，尽管也会获得一些信息，长些见识，甚至偶遇某些绝妙精彩的见解，但这些信息是碎片化的，难以构筑出一个完整的认知图谱，很多时候还会被某个八卦所搅扰。而在无事的早晨起来，这个过程很可能又重复一遍，让懊恼再次降临在洗漱的瞬间。这是一种由于信息爆炸被动强加给我们的"病"，进而造成我们时代的阅读匮乏和焦虑症。这形成了一个意味深长的悖论：我们原本追求排遣，最终却走向了不经意的疲惫。

当然，我们需要放松的时刻以纾解生活的紧张，但即便是这样的时刻，我依然会觉得选择阅读一本书，哪怕是在手机上阅读，也是比随意浏览网页更好的选择。这倒并不意味着我是一个保守主义者，排斥新兴技术所带来的便利，我只是意识到信息与叙事之间的区别。事实上，所有书籍都是一种广泛意义上的叙事，政治的、科技的、历史的、社会的、文学的，它们通过叙述构成某种具有贯穿性结构的叙事，蕴含着知识、思辨、道德、情感或者娱乐。任何一本书，只要结撰在一起，它必然有着某种一以贯之的系统思路。相形之下，信息则很难具备这种整体性的结构逻辑，它们是泥沙俱下、扑面而来的，受众在信息的潮水中有种即时性沉浸的快感，然而潮水过后，最深刻的印记也不过是它留下的湿漉漉的痕迹，那些痕迹从四面八方随机而来，很容易同样随机散去，或者很快被同样四面八方而来的其他信息冲刷殆尽，无法形成特定的认识和价值。

任何知识和思想都不是轻松易得的碎片化信息，碎片化只会产生焦虑。焦虑并不会被新的焦虑所治愈，只会被替代和强化。而治疗焦虑最方便的法门无疑是读书，通过书籍所隐含的整体性思维来建构一种对抗破碎、零散和杂乱无章的日常生活的主体性。

当然，这会面临巨大的挑战，尤其是在人人都貌似很忙的当下生活环境之中。生活时间本身被切割成了无数的散碎条块，在生理时间之上笼罩着被社会时间规划了的工作日程，即便在闲暇时刻也被无孔不入的消费逻辑所抢夺和塑造的娱乐休闲充斥和占有。在那些休闲方式之中，读书无疑是最不轻松的一类。较之于更多感官刺激的全媒体视听体验，阅读这种古老的娱情遣兴方式要投注更多的注意力、想象力和思维运作，显然没有那么欢愉和舒适。

我有一个外地亲戚的孩子本科毕业的时候考研失利，在家长的鼓励下没有找工作，留在北京继续备考。我每次去看他的时候，他都拿着本英语词汇书在那儿背单词。作为一个过来人，我告诫他这种方式不行，学习一门语言不是靠背词汇表，而要进行综合训练，比如加大阅读量、针对考试做一些真题之类。这些劝说似乎并没有起到实际的效果，这个孩子总是做出认真学习的模样，却并没有进行真正意义上的改变。背单词是一种最轻便的阅读途径，很容易给他一种自己在勤奋学习的心理暗示。但我知道他的忙碌不过是一种自我安慰的假象，可能为了平衡父母的殷殷期盼所带来的压力和内疚。果然，他又考了两年还是没有考上，最后回家找了份工作。

放逐真正的阅读而沉溺于更便捷的信息汲取手段，一方面是认知谬误——他们误以为信息就是知识或者思想；另一方面则是拒绝努力的表现。事实上，生活时间的高频切换加剧了这种状况并且给懒惰的人以逃遁的借口。于是，忙碌和嘈杂悖反性地造成了浮躁和轻佻。法国哲学家吉勒·利波维茨基说，如今的文明是一种"轻文明"，"我们从未经历过一个如此轻盈、流动、多变的物质世界"，人们乐于及时行乐和安逸轻浮，而放逐了沉重的精神和艰苦的努力。放任自流的结果是我们智慧上的肤浅和美德上的退化。

在这样的时候，正是要呼唤勤奋、自律和承受痛苦的勇气，用严格的要求来自我约束。因为在智识与心性的砥砺上，没有不劳而获的事情。知识和思想作为心灵与精神的财富，不是可以继承和赠予的物质财产。进行必要而刻苦的阅读是必要的自我训练。

曾经有首口耳相传的打油诗："春天不是读书天，夏日炎炎正好眠。秋有蚊虫冬有雪，不如留待下一年。"这首诗有不同的变文，意思大致相似。一般人可能都听过，但人们往往知其然而不知其所以然——这本来是讥讽懒惰士子的，如今反倒成了很多人自嘲和逃避的遁词。宋末元初，曾在家乡浙江仙居创办安洲书院的翁森有几首《四时读书乐》诗，跟前面那个打油诗意思正好相反，却不太为人所知，可能因为劝人读书不免有些学究气味，让人不喜。这几首诗写的是四时皆宜读书，而读书皆得其乐，值得抄录于此。在这个老夫子看来，春天是"山光照槛水绕廊，舞雩归咏春风香。好鸟枝头亦朋友，落花水面皆文章。蹉跎莫遣韶光老，人生唯有读书好。读书之乐乐何如，绿满窗前草不除"。夏天则"新竹压檐桑四围，小斋幽敞明朱曦。昼长吟罢蝉鸣树，夜深烬落萤入帏。北窗高卧羲皇侣，只因素稔读书趣。读书之乐乐无穷，瑶琴一曲来熏风"。秋天是"昨夜庭前叶有声，篱豆花开蟋蟀鸣。不觉商意满林薄，萧然万籁涵虚情。近床赖有短檠在，及此读书功更倍。读书之乐乐陶陶，起弄明月霜天高"。冬天则"木落水尽千崖枯，迥然吾亦见真吾。坐对韦编灯动壁，高歌夜半雪压庐。地炉茶鼎烹活火，一清足称读书者。读书之乐何处寻，数点梅花天地心"。诗本身意象并不太高明，写得有些迂阔呆板的夫子气，但也正是这点倒显得有些理想主义的可爱。

其实，对于过早封闭心灵的愚夫懒汉而言，什么时候都不想读书，但心胸开放而有意进取之人，则在厕上、马上、枕上也不会懈怠。在很难有正襟危坐于书桌前埋头的环境中，碎片化的时间同样也可以进行整合式的阅读，爬罗剔抉、刮垢磨光，终究会集腋成裘、聚沙成塔。如果有节假闲暇可以沉浸酽郁、含英咀华，当然是妙不可言，但平日里地铁上、等人时、会议间也都是可以拾起书本或者打开电子书的时刻。时间的有效规划和自我的严格节制是读书的要义，也是不断充实自我的途径。

我认识一个作家叫作阿乙，印象特别深刻的是，他几乎无时无刻手里不是拿着本书。开会的时候，旅行大巴上，吃早餐的餐桌上……很少见他闲谈扯淡，似乎他随时随地都可以进入到阅读状态之中。这个人原先是江西一个乡里的民警，后来一路辗转到北京，成为"70后"一代声名卓著的作家。我想，是阅读在一定程度上帮助他改变了自己人生的走向。也许，对于他那样的人而言，阅读已成为一种真正的日常状态，无日不是读书天。

回望天际下中流

"水上有光/河水向前/我一向言语滔滔/我爱着美丽的云。"这是海子的诗,我没法对它进行解读,但隐约感觉它传递出了某种我无法言明的情绪或者感受。迄今为止,我写了有十本书,涉及文学(史)、电影、理论、少数民族等不同领域,既有专著与论文,也有随笔和散文,还翻译过一本美国亚裔文化研究的著作,合著与主编的论文集与史料集也有几种。因而经常会听到意义暧昧的抑扬:"大先手快!"言下之意,似乎我如同一只勤奋的工蚁,至于工作的内容好像是不用脑子的。我对这种赞叹不以为然,却也并不是想说自己"脑子快",因为就我们绝大多数人的努力程度而言,根本谈不上到比拼天赋的阶段。我之所以"言语滔滔",可能是由于心中有所郁结,孤独和寂寞需要一个出口。虽然这样说未免过于文艺,不符合大人君子对于学者形象的规范要求,但我们都需要经受时间无情的洗刷，所以也只能随它去吧。

　　人们回眸自己的过往，常常喜欢用"却顾所来径，苍苍横翠微"来进行陈词，那里面包含的情绪非常复杂。可能会有人志得意满，但更多人也许四顾茫然，夹杂着对于已逝时光的惆怅，对于生命历程中所有那些确定不确定的疑惑，对于遭受过的苦楚与获得的些许成绩的悲欣交集。

　　童年时偶尔看过一部电影《汪洋中的一条船》，情节悉数忘却，只记得主人公是一个有小儿麻痹症的残疾人，后来查了一下，是根据台湾作家郑丰喜的自传改编，70年代中后期励志的乡土电影。暴风雨中主人公拖着弱小的残躯力不从心地驱赶着养殖的鸭子，这个场景深深地镌刻在我的记忆中，成为一个经久不散的隐喻性意象。我们的人生大约都是汪洋行舟，宏阔大海并无明确方向，即便无风无浪，很多时候个体力量微小，左冲右突也只是在无意识中不自知地随波逐流。

　　出于个人的偏好，我几乎不读传记或自述，因此自然而然地会推想，没有谁会对别人的人生故事感兴趣，除非他的故事超出于一己悲欢沉浮之外，或者将个体的经历升华敷衍为普遍的共情经验。这方面就我目力所及，方志敏在狱中的《可爱的中国》确实让人感动，我却并没有生逢大时代（这是幸事），也并无过人之德行、事功与才华，所以只能就事论事，聊聊自己的问学之路。

所谓"问学之路"并不是认为自己真的就找到了学问之道，事实上只是在摸索探问的路途中，很大程度上有可能是歧路亡羊。曾经有一位才俊跟我聊天说到"学术"，他说有学还要有术才行，就是说光会读书写文章做学问是不够的，还要会经营，比如打造个人IP，培养自己的门生弟子形成圈子，成帮结派建立山头，诸如此类。可想而知我当时的震惊，但旋即我又产生一种理解和包容，这是一种生态，也非始自今日。但一直以来无论从个性还是从求学与工作的环境来说，我都相对比较晚熟，可能是因为资质比较鲁钝，对于复杂的人事缺乏明晰的洞察。这谈不上利弊，失之东隅，收之桑榆，最终大家的人生也差不了太多。

理论的准备

一个晚熟的人在性格上往往是被动性的，因为他尚没有建立起自己鲜明而坚韧的追求，许多选择并非主动，而是无意识或者被裹挟着的行为。我很小就喜欢读书，但接触面有限，并没有因此而形成某种志向或目标，直到上大学依然如此。大学对于一个从皖西偏僻乡村来到江南富庶城市的青年非常重要，它提供了脱离狭窄鄙陋环境的宽阔平台。我在大学知道了摇滚乐，参加辩论会，报考广播台（当然，以我普通话二乙的成绩显然是考不上的），无疑开阔了视野。纷至沓来的新鲜事物激发出各种兴趣，对文学倒没有特殊爱好，虽然读的是中文系，但那不过是一个浑噩无知的乡镇中学生在不知道成绩的情况下胡乱填报的服从分配的志愿。

大学期间有几位老师课上得特别好。一位是潘啸龙先生，讲先秦诸子，他的主要研究方向是楚辞，曾一度在《中国社会科学》连发四篇论文，放到现在是极为困难了，怎么也得评个"长江学者"之类。他讲课的风格铺张扬厉，可能是先秦诸子本身的魅力予以了加持，所以让人莫名激动。另一位是余恕诚先生，他的风格温柔敦厚，讲唐宋文学，注重文本细读与审美体验。我迄今仍记得他对周邦彦《六丑·蔷薇谢后作》的解析。还有一次在课堂上当堂做一个小作业，分析王维的《鹿柴》，我的作业被他拿出来单独表扬。虽然我并没有涉及禅意云云，但是直接的感受让他发现了其中或许潜藏着某种审美能力，这种肯定对于一个学生而言是极大的鼓舞。余老师是我的同乡，唐诗与李商隐研究的大家，为人非常谦和。我本科毕业保送读研，原本想跟着他读硕士，但是成绩排名在第二，他被第一名选走了，我就选了陈文忠先生。

陈文忠老师的课上得很好，有口皆碑，我听过他的"文学概论"课程，板书清晰板正，层次结构分明，是国内较早研究接受美学并将之运用到古代诗歌接受史之上的学者，带研究生的方向是文艺学。我因为没有读成古代文学，不知做何选择时，有一晚在宿舍同室友聊天（当时我们的住宿条件差，一个寝室有十个同学），有个同学任雪山（此君现在研究桐城派）随口说了一句，文艺美学好啊，理论包打天下。他可能已经忘了这个随兴之言，但我真的因为这个话选择了文艺学。

中国美学江山半是徽人天下。从现代美学的奠基人、开拓者朱光潜、宗白华、邓以蛰到50年代美学大讨论时代的吕荧，再到我上学时候崭露头角的朱良志和吴琼，各有其专攻，他们的著作现在也几乎是每个文艺学专业学生的必读书。不过我本科毕业正赶上朱良志老师调到北京大学，我就被陈老师接手了。

我跟陈老师气质禀赋完全不同，他有着上海人的一板一眼，我则性格急躁跳脱，但是陈老师和师母对我很好。陈老师强调经典，让我读朱光潜在《西方美学史》后记中开的经典书目。那时候我跟着以研究意象著称的汪裕雄先生以及康德专家文秉模先生上了几门课，自己凭着兴趣读一些当代理论，已经开始写点关于诗歌的鉴赏文章，可能彼时受法国理论的影响，喜欢飞扬灵动地发一些玄言。陈老师觉得我在修辞上文过于质，告诫我学术文章不要太花哨，主在说理，辞达而已。陈老师是当时为数不多让学生定期开读书会的老师，可能是他在北大或复旦研修期间学来的形式——读书分享及做笔记的习惯养成。我对那时读的柏拉图、亚里士多德都写过专门文章，黑格尔和萨义德也做了很多笔记，那些笔记直到许多年后还用得上。陈先生退休后受国务院侨办邀约，先后赴美国、缅甸、马来西亚诸国讲中国文化，后来出版《中国人文学要义》，尽管有些观点我也未必赞同，但我觉得那是中国大学生都可以读的入门书，曾经在不同场合跟本科生、硕士生和博士生推荐过。我毕业后到北京工作，近二十年间只同陈老师见过两次面，作为一个漂泊异地的学生，能做的也就是多多推荐他的著作和思想。时隔多年，当初他在接受美学上所给予我的潜移默化的影响慢慢浮现出来：当我谈到"传统"的时候，总是自觉不自觉地回到伽达默尔的"效果历史"之上。然而，这也可能只是恰巧的精神契合，我对历史的认知从来都不是历史主义的，一定是关乎当下的。

每个人的过往构成了他成为后来的自己，他的来路即是他不断回溯的归途。我在硕士期间关注的一直是阶层问题，直接的动因来自于"交公粮"的"伤痕"记忆，这种记忆在城里孩子那里完全一无所知，但是对于一个农民子弟而言则是切肤的痛楚。当城里哪怕是镇上的同学都可以在假期休息玩耍的时候，我却比在上学期间要更加辛苦，得帮家里干农活，然后收上来的粮食有一部分要上缴农业税，叫作"交公粮"。冬天似乎是农闲的日子，又会有修河堤之类自备干粮的无偿劳役，我乡方言中叫作"上工"。在这种处境下，但凡一个敏感的心灵，不产生阶层意识是不可能的。这种农业税费政策直到我研究生毕业时才开始改革，我都到北京上班三年后的 2006 年才全面免除。

2000 年正值"文化研究"方兴未艾，当时文艺理论界的时髦人士热衷于谈阶级、种族、性别三大问题，或者至少会引入作为议论的背景性框架。但是，彼时中国的整体思想语境却吊诡地转向了"后革命"氛围，"阶级"这个词语似乎已经被规避出学术话语之外，而因应市场经济改革所带来的社会结构变迁，将其替换为看上去更为中性的"阶层"。这当然是一种话术，同美国将法国激进理论引入文化政治讨论时的情形极为相似，但我也不得不屈从，甚至都没有直接谈论"阶层"，而采用了"群落"——硕士学位论文即取名为《文化群落与当代中国审美文化多元化》，其中出现了两次"文化"，第一个原本应该是"社会"，带有社会阶层分析的色彩。我读的书除了那四种美学经典，更多是西方马克思主义如法兰克福学派、伯明翰学派、后殖民主义以及媒介研究的一些理论。国内的学者则以朱光潜、李泽厚、汝信、朱狄、滕守尧、张法、周宪、衣俊卿等人为主，虽然杂乱，也算比较集中，算是理论的准备。

现在回过头看，由于整体上后现代主义和解构主义的影响，我当时过分强调了多元主义，但隐含的对于阶层分野的关注则是一以贯之的，也就是说，根底里成长期的社会主义文化语境已经让公正与平等观念根深蒂固地镌刻进生命底色之中。平等与公正两者不尽相同，从学理上可以进行多重辨析，但就生命体验而言，它们融合为一种素朴正义的渴望与寻求，那不是降尊临卑、屈高就下的所谓"底层意识"，而是原初的生命感觉。

文艺生活

硕士毕业正赶上"非典"疫情，2003 年 4 月 17 日我到中国社会科学院面试，当时我已经接到了安徽省财政厅和安徽文艺出版社的 offer，但是想到除了高考结束去上海待了一段时间，从未离开过安徽，北京未尝不可以一试。由芜湖赶往合肥出发，站了一夜火车，面试的时候疲倦不堪，也不知道都答了些什么，只记得有一个问题是问我比较喜欢什么理论，我随口答道是存在主义。面试者就换了英文接着问，我也没有答上来，然后那人就说"京城米贵，居大不易"啊。我倒是心下坦然，有时候某种人情世故上的迟钝，反而会起到保护作用——我完全没有听出来那话里包含的怜悯与嘲讽，反倒觉得在疫情期间让我千里迢迢来，总归不会拒了我吧。面试完下午还兴冲冲地去天安门和玉渊潭附近玩了一下，晚间再乘车回皖。后来，果然顺利入职民族文学研究所，成为《民族文学研究》的编辑。

由西方文论转入偏向于民间文学的少数民族文学，是一个巨大的挑战。随着工作需要，我不得不恶补民间文学的相关著作，坦率地说，感觉并没有太大收获。那个时候就我目力所及，国内的民间文学研究总体而言从属于民俗学，除了材料上也许会扩展一下视野，理论与方法多数移植于社会学与民族学（人类学）。我尝试自学，从图书馆找了一些国外少数族裔和种族理论的书，翻译了一些论文，当练习英语。那些翻译稿没有发表，后来我发现美国少数族裔理论跟国内的少数民族研究有点"隔"，于是也就放弃了。

单位工资太低，可能是全北京事业单位里最低的。为了补贴用度，我在外面找了一个兼职，在杨澜的"阳光卫视"做财经记者，给《红色资本家》杂志现学现卖写经济学理论的通俗文章以及财经报道。这是一家强调民营资本权力的杂志，做派与倾向都非常明显，与我一直以来的情感倾向及价值观大相径庭，这也导致我在一年后就辞职了，尽管当时的薪水不差，在北京总体上也算中等。

辞职除了个性原因，很大程度上也是因为2005年我考博了。考博这种事于我而言也并没有明确规划，不过是因为同时入职的同事都在考博。我考了两个方向，一个是文学所的美学，一个是北师大的现代文学，显然这中间充满了偶然因素，前者是因为学术惯性，后者是因为我们刊物主编随口一说。听上去似乎有点沾沾自喜的味道，但确实我两个方向都考上了，后来选择了去北师大，想着可能会多认识一些人。毕竟社科院近乎半封闭的生活实在过于寂寥，我住在社科院给新入职员工提供的通州杨庄公寓式宿舍里，时常夜间睡不着到小区园中荡秋千。

那种寂寥会逼迫人找点事情充实自己，我这期间写了很多影评。室友郑国栋原先在山东学中医，后来考入北大学东方文学，做梵文和印度研究。另一个室友李文彬则是图书馆和情报学专业的，后来改学了儒学。国栋常常有朋友来访，除了外文所的同事，还有诸如搞哲学的柯小刚、诗人陈家坪、作家王力雄夫妇、某个蒙古流浪歌手、某个来自德国的藏传佛教宁玛派教徒，五花八门。他有一个北大校友，毕业于考古系的孙海涛，长期住在我们公寓空出来的房子中。我在同他们的交流中无形中学到很多东西，也算是潜移默化之功。

杨庄居于朝阳与通州边界，属京东城乡接合部地带，房租便宜，聚集了挺多未成名的文化人。有一段时间我给《音乐时空》杂志写书评专栏，后来才知道跟我约稿的编辑就住在隔壁小区，纪录片导演丛峰也在附近。2006年，宋庄美术馆开张，开榛辟莽，目的是推动"中国独立艺术"的发展，办了个"中国独立电影展"，是"人之道，影之道"展览的组成部分。我偶尔在一个记者朋友那里知道这个消息，去看了几场。宋庄在那个时候显示出刚刚开土动工的嘈杂气息。红砖水泥的粗劣民房中间忽然会有一大块空旷之地，竖立着与四周景物格格不入的建筑，废弃的工厂成了展览装置艺术的绝佳场地。簇新的酒红色宋庄美术馆孤零零地竖立在一个池塘的南面，东面停车场旁边的空地骄傲地生长着已经爆满的向日葵。关于彼时观感，只剩下一些零星的记忆碎片，倒是认识了当时在做志愿者的枭枭、丁丁和囍囍，成了朋友。她们是中华女子学院的学生，都是犀牛角文学社成员。通过她们又认识了当时还在北京电影学院教书的张赞波，我们都叫他北太西，因为他当时住在北太平庄以西。他后来辞职出来开了一个创作室，拍纪录片。我为犀牛角的刊物《灵之犀》写过一篇发刊词《无与伦比之美丽》："你依然是一柄锋利的刀。你试图奋力起身，划破阴霾密布的天空，如同闪电。你不可能长久地安于宁静和悠闲。不过终于可以坦然，你接受了原先不能接受的东西，变得宽容可靠，所有的美丽，只有自己知道。"是彼时心境的写照。

宋庄电影节后来成了一个年度常项，2007 年夏天，我和外文所的焦艳一起去看展，她那时刚从韩国留学回来。后来柴春芽过来和她谈恋爱，我常去她家吃饭，聊电影和文学。我跟他们观点不太相同，时常吵架，彼此倒没因此伤了感情。我们一起去过宋庄的艺术家朋友那里几次，但是 2008 年因为在西藏和新疆调研，错过了电影节。2009 年再去时已是初秋。在小堡凉风渐起的街头，北太西说打算做"国家三部曲"，陆续做出了剧情片《恋曲》（2010）和纪录片《有一种静叫庄严》（2011）。因为人事倥偬、四处奔波，我只是听说，也没有看到。柴春芽也拍了一部纪录片参展了，回想在杨庄他每日苦读普鲁斯特和乔伊斯，并在作品中大段征引金斯堡的诗句，让我有一种今夕何夕之感。他的电影我也没有时间去看，许多独立电影往往就是文艺青年人生道路上的冗余产品。

2011 年夏天，一个从纽约来的朋友 Anatoly Detwyler 跟我说起去宋庄参加电影节的事情，那时候我在苏州和上海开会。后来据说因为种种原因，凡是报名参加电影节的人员都封闭在宋庄住了一周。2012年的电影节本来打算去，临到时候却得知刚放映就拉了电闸，然后又取消了放映的消息。这些有关独立电影展映的周边事件倒比电影本身更加有趣、离奇和富于时代的真实感，以至于它的事件性已经压倒了它的艺术性或者探索精神。整个 2012 年，在中国大地上，有十九个城市，举办了三十二场各式各样的电影展，夏天的时候我偶尔在西宁街头，还看到"第六届 First 青年电影展"的宣传晚会。这已经是人人都是"拍客"的时代，影像也成为日常生活方式的一种，独立电影经历了从"地下"到"独立"的历程之后，忽如一夜山寨林立，也有许多展映方生猝死。南京的"中国独立影像年度展"与宋庄电影节一样因故延迟，拉萨民间影像展最后实际上也取消了，宋庄电影节在其中也不再成为多么醒目的事情。

这年年初我路过厦门，和已经离开北京定居此地的囍囍夜晚在筼筜湖边喝茶，聊到独立电影节的初识和草莓音乐节上的相遇，颇觉岁月奔波，人生无常。枭枭去电视台做文娱节目了，丁丁则成了营销大师，焦艳夫妻移居日本了，当年的朋友风流星散，有些是汉水江上初相逢，有些是塞上牛羊空自许，有些是相忘于江湖，有些是咫尺便天涯。数年里的社会文化变局也如同人事的代谢一样，让人恍如隔世。就像李文彬在我们搬离杨庄时候说的，一个时代结束了。

转折的当口

从开始工作到 2013 年，十年间，我基本上没有涉及当代文学批评，我的同龄人甚至年纪更小一点的已经崭露头角的时候，我还像一个杨庄北口的文艺青年一样漫无目的地游荡，学术道路的选择显示出一种身不由己、顺水推舟的模样。

读博的方向虽然是现代文学，我却也并没有像一个本色当行的现代文学专业博士生一样，进入史料的精耕细作，或者扩展到思想史领域——以既有的学术成果所达到的水准来看，别的方向短时间内很难做出来一流成果了。我想的是需要结合一下目前所从事的少数民族研究工作实际，不意间竟蹚出来一条关于现当代文学的新进路——由此前只是封闭在"少数民族文学"学科之类的材料入手，以其为对象衔接到现代中国的整体叙述之中，也即后来形成的以博士论文为基础的专著《现代中国与少数民族文学》中的主体思想：少数民族文学如何讲述中国故事，对于它的研究应该成为中国研究的一个不可或缺的有机组成，而非局限于少数民族的局部。可能是理论的底子积习难改，加上早先听汪晖与葛兆光的课程的影响，我在论述中多少也有些思想史的潜意识：从时间（历史）、空间（地理）、主体（身份）、语言（翻译）、情感（信仰）五个"理想型"（ideal type）入手，对近现代以来直至当下的现代中国思想转型与文学嬗变的互动进行了论述，这无疑有别于一般文学史的研究，而是尝试消弭过度细分的学科边界的结果。

我的博士导师邹红先生主要做现代戏剧研究，同门也多以戏剧为选题方向，但她对我这个有些另类的选题给予了最大的信任和支持，并且找来从事古代文学、外国文学和民间文学等不同专业的老师帮助提出修改意见。读博期间，我同时进行的学术期刊《民族文学研究》编辑和学术活动组织工作倒是与研究选题密切相关。刊物开设的三大常规栏目，我基本上都负责编过：古代文学、民间文学和现当代文学及文艺理论。主编关纪新先生做老舍与满族文学研究，我也参与了相关课程研习和他作为会长的中国老舍研究会的一系列学术会议。满族文学作为少数民族文学的一种，也是切进到近现代史转折的一个关键性入口。在张菊玲和关纪新二位老师的直接引导下，我从2004年开始陆续阅读并撰写相关文章，相关的文学与文化史脉络逐渐清晰起来。如果说在进京之前，学术关心主要在阶级，此时族群的视野则补充进来，与之相联系的是历史、地理、人口、语言、文化、习俗等系统性内容，而不再拘囿在主流文学和审美话语之中。世界因此豁然开朗。

少数民族文学是一种中国当代文学，既不同于欧美少数族裔文学，也不同于20世纪上半叶就已发生发展而较为成型的学科如古代文学、现代文学之类，关于这一点我在不同场合论述过。明确的学科意义上的少数民族文学研究起于1950年代中期，与少数民族的识别、认定、命名及获得公民政治权力同行，其范式在21世纪以前经历了三次更迭：族别文学史（文学概况）——综合与比较研究——各民族文学关系研究。这几种范式前后赓续，却并不是彼此替代性的，而是如同任何一种文化演变一样，是叠加与混杂的。到我介入这个领域的21世纪初年，由于文化多元主义结合新近传入的文化多样性和非物质文化遗产话语，亟待有新范式的发明。此时，我提出"作为中国叙述的少数民族文学"，适逢其时。

第一次参加学术会议，是 2004 年与《民族文学研究》编辑部的诸位老师到四川大学，联合当地的四川师范大学、西南民族大学以及四川省文联，召集了全国各民族的少数民族文学研究中坚力量，创办"中国多民族文学论坛"。初出茅庐，血气方刚，我在论坛上依着自己的见解逐一评点诸位前辈学者，在我自己是坦诚交流，在别人看来可能就有点"新出门户，笃而无礼"，因此还被成都的一个记者兼书评人写文章痛骂。这让我有些莫名其妙。江山易改，本性难移，许多年过去也依然没有改掉率直的毛病（或优点），因而无形中可能得罪过不少人，但这是没有办法的事情——如果那么乡愿，那我们写文章发议论就失去其求真的意义了。此后，这个论坛在西宁、南宁、贵阳、桂林、喀什、太原、赤峰、昆明、乌鲁木齐等地每年一度，办了十二届。我因为直接办理会务，跑了不少地方，长了许多见识，交了一些朋友。

博士毕业后有个机会申请到国家留学基金委的资助，2009 年初我开始四处联系接收单位。彼时的情形称得上是两眼一抹黑，无任何师友帮助，因为我所在的单位跟国外的联系仅限于民俗学，而中国的少数民族文学研究太过偏门，在国外几乎没有相关专业，我所能想象的只是找比较文学系或东亚研究系的老师，就自己在网上查找国外高校教授的 E-mail 直接写信咨询。幸运的是，我给哈佛大学的 Wai-Yee Li、斯坦福的 David Palumbo-Liu 还有哥伦比亚大学的刘禾三位写信，后两位都回信了。特别感谢的是刘禾老师，我与她素昧平生，而找她联系的人可以说不计其数，她接受我，完全是出于学术公心和提携晚辈的热肠。在她的周到安排下，我进入哥伦比亚大学的比较文学与社会研究中心（ICLS）访学，并且很顺利地在纽约 136 街落脚。同住的有中国人民大学的郭双林、首都师范大学的孟庆澍和河南大学的高继海。

彼时 ICLS 的主任是斯皮瓦克，她是著名的后殖民理论家，著作多有中译，对我饱含善意。刚去不久她请我吃饭，具体的交谈内容我已经忘了，但有一句印象深刻，她叮嘱我一个学者最重要的是要 open mind。另外一位布鲁斯·罗宾斯教授，是美国"新世界主义"（New Cosmopolitanism）的代表人物，我去听他的课，课后他约我吃饭，也表达了类似的观点。他曾经来过中国，*Intellectuals*，*Feeling Global*：*Inter-*

nationalism in Distress 等著作也都有中译，我读过其中一本，他挺高兴，对我青眼有加。有一次我去听伊格尔顿讲座的时候遇到他，他让我去同一位好像是希腊或者意大利裔的教授 Stathis Gourgouris 打招呼，并告诉我他是新任的主任。虽然我不太懂欧美学界的社交礼仪，但能感觉到他是希望我结交新人缘。

哥大是我待过的最好的大学，除了选修了几门课以外，只要时间允许，我几乎去听所知道的所有讲座，那些信息一般会出现在邮件组或者图书馆和各系的布告栏上。有的讨论会还管饭，简直让我开心极了。纽约是名流荟萃之所，我像追星族一样去追捧思想界大佬齐泽克、巴迪欧和巴利巴尔（Etienne Balibar）的演讲，他们曾经都只是在书本和网络中见到的人物。刘禾与李陀住在西 116 街与 Reverside Dr. 交界附近，巴纳德学院西边的公寓。周末我有时候会被邀请去聊天吃饭，在那里见过一大堆学术和文艺圈人士，都是绝顶聪明之人，只是默默听他们聊天就能收获很多。这可能是我一生中最快乐的时光，没有家庭的牵绊，没有生存的烦恼，没有工作的压力，一个人无拘无束，有无数新鲜的事物和体验，简直就是最理想的自由生活。我没有太明确的目的，只是像海绵一样吸收遇到的各种信息，纯粹对于知识的热爱让我心满意足。

在那之前，我已经读过刘禾老师几乎所有的著作，但基本上处于自发状态。后来一年访学期满，刘老师希望我多待一段时间，替我申请了一个职位，协助她教一门"鲁迅与现代中国"的课，这样的话就会有一笔收入，可以维持生活。这个过程对我的学术思维与方法是一个非常正规而严谨的训练，尽管经常被她批评，但内心依然洋溢着自我提升的幸福感。李陀几乎每周都会找我聊天，他从不聊日常生活或者娱乐八卦那些闲谈，总是集中于艺术史、文化现象以及某个热点的学术话题。90 年代就是他最早策划"大众文化研究译丛""当代大众文化批评丛书"，创办《视界》辑刊，将跨学科的方法与理论引入当代中国文学与文化的批评与研究领域。他那种对于现实永不枯竭的热情和犀利敏锐的视角，某种意义上改变了我看待中国革命以及当代文化的思考与观察方式。这一切成为后来我转入当代文学批评的滋养。

迟 到 者

一个学者观念体系的形成是一个逐渐从模糊到清

晰的缓慢过程，这中间有外在因素的帮助与改造，更多是内在自我不断涌现的今日之我与旧日之我的纠结与战斗。尽管时至今日，我依然不敢说自己真正意义上窥见了学术的门径，但多少也略有心得，这个心得来自一直以来持续不断的读书与写作。从 2012 年开始，我陆续出版了一些专著、评论集与随笔集。最早出版的电影相关的文集《时光的木乃伊》，收集的是我历年写作的影评与论文，是安徽教育出版社的约稿。后来可能责编感觉不错，又跟我签了四本书的合同，计划就文艺生活的各个层面各出一本既具有知识与学理又不失趣味和可读性的文集。后来这个系列相继出了写电影的《无情世界的感情》，写读书的《未眠书》，写旅行与田野调查的《远道书》，原本要写一本关于音乐的，但实在没时间，就放弃了。这些写作既是学习也是滋养，我不想让生活仅仅变成单一的学术工作。生活本身的丰富性与人性内在的复杂性，使得书写原本就应该是参差多样的。

也许是因为出的几本书被人注意到，所以 2013 年我得以被推荐到中国现代文学馆做第二届客座研究员，同批的客座研究员有几位在当代文学界已经颇有名气，而我不过是籍籍无名之徒，所以非常感激那些推荐我的不知名热心人。中国作协的领导李敬泽在聘任仪式上特别强调要关注当下的文学，后来的一年中在各地办了六次全体客座学术会议，都是关于当代文学现象与问题的讨论。这让我同最为活跃的当代文学界开始有所接触，开辟了一条介入到主流文学的通道。就当代文学批评而言，我是一个晚熟的人、一个迟到者。

学术研究与具体批评之间容易产生张力，很多时候后者会被视作浮皮潦草没有学问的言说，而前者难免遭遇脱离实际高蹈空洞的指责。这些都是似是而非之辞，其实两者并行不悖，具体到个人那里反倒有可能形成良性互动。至少就我的经验，关注文学生产的现场批评为深入的研究带来了更为鲜活灵动的材料与启发，学术上的理论与方法积累则为批评补充了整全的视野。2014年，现代文学馆替我们这一届客座研究员在北京大学出版社出了一套书。我那本叫《文学的共和》，整合了此前关于少数民族文学的想法，尝试在结合当代实践的基础上，刷新古老词语的内涵，提炼出带有总体性意味的命题。这一年我早先翻译的《陈查理传奇》版权也从香港转到上海，这是一本研究美国华裔历史与叙述的著作，从方法上来说，可以说是"文化研究的历史化"。我翻译的时候脑海中浮现的是，国内如果有人对蔡东藩及其演义系列小说或者黄飞鸿的真实与虚构进行类似的历史梳理、田野调查与社会学分析，一定会写成特别有意思的作品。

我的学术研究最初主要集中在少数民族文学领域，以其作为对象生发开来。最初出的学术专著是《现代中国与少数民族文学》，这书并没有任何宣传，也没有那个意识，但是不少师友写了书评进行商榷。前同事刘宗迪（他去了山东大学，后又到了北京语言大学）在微博上开玩笑地说，是将少数民族文学研究提升到了 2.0 时代。这当然是溢美之词，但后续影响确实不错。后来日本名古屋大学的陈朝辉教授（现任教于清华大学）与山城智史先生将它翻译为日文，2019 年在日本东方书店出版。我当时不认识他们，他们在翻译和编辑过程中发现了好几处错误，都一一做了修订，对于我来说是莫大的帮助与鼓励，心中充满感激。2016 年，暨南大学姚新勇教授策划"多元一体视域下的中国多民族文学研究丛书"，跟我约了一本《千灯互照——新世纪少数民族文学创作生态与批评话语》。这本书上编是新世纪十年的编年小史，下编是批评话语的归纳与辨析，附录三个访谈简述了我从业以来学术观念的变化。这本书的海外版权已经签出去，希望英文版早点出来。2021年，在一个结项的国家社科基金课题成果的基础上，我出版了《八旗心象：旗人文学、情感与社会（1840—1949）》，尝试由旗人文学出发，连接起近现代文学史、社会史与心灵史的变迁，从而重绘现代中国与现代中国人在转型的世界中界定自身身份与认同的图谱，算是多年来关注满族文学的一个总结。这三本书从内在话语理路来说，构成了"理论框架—批评文本—文学史"的综合结构，应该说对少数民族文学研究有了典例式的推进。

如果说，从考古发现的文明起源和现实中的多样性文化而言，中国文学内部的多民族样貌是"千灯互照，万象共天"；而就历史进程中的连绵不绝的交流、碰撞与融合而言，其发展过程和形态则是"夷夏互动，华夷一体"；因此，理想化的图景应该是"自他不二，相依共进"。这大致就是我设想的一种观念表述，期望对费孝通先生的提法有进一步细化与推进。

当代文学与文化批评尽管起步不算早，但我比较勤快，所以也积累了比较可观的体量。目前集成书的是《卮言》和《从后文学到新人文》两本。《卮言》的内容分三辑："絮语"是当代思潮和文艺的现象与问题讨论，"窥象"则是电影及其相关的评论与随笔，

"谈文"是关于作家作品的札记。这本书是黄山书社刘莉萍的约稿，她的起意是做成那种随笔性质的雅致小书。我原先给书起名《先见》，因为其中有些篇章就是取自我在《文汇报》开的专栏"先见"，倒不是我自诩有何种"先见之明"——事实上，"见"既有"洞见"，也有"盲见"，更多的倒也许是"不见"——而是这个题目字面意思正好符合这本书的意旨：我名字中的"先"，加上一个"见"，表明是个人的一己之见。有意思的是，在出版送审的时候，不知道触动了哪位审查者的何种心弦，总之就是不许用这个词语，可能是觉得我还不够资格有"先见"吧。

《从后文学到新人文》是金理替上海文艺出版社"微光"文丛的约稿。我起初交的书稿是《贞下起元——当代、文学及其话语》，但是他更倾向于我在《小说评论》开的专栏"后纯文学书写"，一定要我将那个专栏整合为专书，便是如今这本。后来《贞下起元》我就交给了中国言实出版社的王昕朋。《从后文学到新人文》是随着我涉入当代文学批评日深，产生出来的问题意识的一些思考。很明显批评者与研究者普遍对当代文学的整体生态存在着不满，但从文学内部是无法解决这个问题的，因为当代文学伴随着文化融合的态势，已经很难界定清楚自身的边界，书写文化面对新型媒介中的电子文化日益式微，随之而来的是 18 世纪以来形成的文学观濒临瓦解。未来已来，然而过去未去，这是一种杂糅的状态。该书每一章就一个具体现象展开，其理论话语的背景是试图进行跨学科的尝试，以解释现实文学演变并瞻望其未来的趋向。

关于学术研究与文学批评，我曾经写过很多文章，不想再重复说过的话，如果说要总结一下要点，我想可以归为三点：现实感——立足于问题导向的实践与功能自觉；历史化——建立在学术史基础上的对话与延伸；总体观——跨越具体学科与门户之见的宏大格局与关怀。这是学术自我慢慢获得觉醒的结果，过程缓慢而充满曲折。我虽然很在意，但也没有过于担心自己写出的东西被人挑刺或指责，也觉得"悔其少作"既矫情又无必要——你怎么能设想一个完美作品的出现？而以后见之明嘲讽过去的稚拙并不能生产出有意义的识见。就像陀思妥耶夫斯基说的："发表自己的不正确的意见，要比叙述别人的一个真理更有意义；在第一种情况下，你才是一个人，而在第二种情况下，你不过是只鹦鹉。"我们都是历史中人，并没有一个固定不变的本质，总是在不断地成长（或者退化），重要的是面对那一刻真实的自我。

拥抱生活

许多朋友说我的文章与论著有种使气逞才、纵横捭阖的风格，也就是所谓"主体性"比较强，其实回到生活和思虑深处，我时常被犹疑、困惑与巨大的惶惑所侵袭。这一点难以厘析清楚，正如我们无法窥见灵魂与命运的奥秘。但若没有这点犹疑与困惑，那恐怕此人也不太可靠，甚至有点骇人——文中的性情也便显现为写作者的诚与真。

前几天读到一段话，说到"少年精神"："他们生机勃勃，充满活力，精力旺盛，理想定得很高，沉浸于大人已经不再坚守的主观生活中；他们想象，有着热烈的精神趣味；他们高尚，无私，一派天真，不会装模作样，故作姿态；他们空想，勇敢，求真，他们凭本能、悟性而动，又绝不轻易放弃理想，为了心底那个高于生命的理想，他们，只有他们才肯扔弃生命，不惮牺牲。"那种理想主义的高蹈我未必做得到，但依然有一颗难以世故的少年之心。

想起来 2017 年 6 月，去苏州大学参加"当代文学批评的共识与分歧"研讨会的时候,我有一个不合时宜的发言。当时有批评家说到阅读的品位问题,认为一个批评者应该选择出那些"好"的作品。这当然没有问题,也是批评的一种功能,但是也隐藏了一个未曾明言的"经典化"思路,这个思路我是不赞成的。我觉得一个称职的批评者,或者更客观地说一个意图让自己的批评文本具有公共性而不仅仅是个人趣味展现的"意见",需要对整个文化生态都进行观照,而不会认为自己的审美偏好与倾向具有不证自明的评判权力。所以我打了一个比方,我们从事当代文学现场批评的人,很多时候如同一只蜣螂,在文本的粪堆中劳作,他(她)的贡献不在于挑挑拣拣,而是一视同仁,成为一个时代文化上的清道夫。那种细大不捐的吞吐和横扫一切的气度,是一种接受一切生活所赋予你的东西的能力,证明了批评与研究没有窒息于某种狭窄与封闭观念的活力。这个话说得有点"少年精神",实际上是回到了古典人文主义的传统。在我刚开始写作的时候,后现代与解构精神填满了我的脑海,兜兜转转多年后又回到了那最为素朴和根本的完整的人及其现实生活的关注上。

到了一定年龄之后,一个身处于社会中的个体总是会获得某种身份与角色定位，对于完整的个体而言多少会存在化约与裁剪。比如我时常被认定的就是两个身份——"少数民族文学研究者""当代文学批评者"。这实在是令人无奈的事——即便从学术自身而言，我相信自己也是开放的、多面向的。借用语言学上的术语，这种主要社会角色就属于"非标出项"（the unmarked）。作为多重维度纵深的具体个人，"标出项"往往给人"斜杠"感，人们更倾向于称赞他（她）在专业以外的建树，因为专业会被认为理所当然。他（她）自己也乐于如此表述，比如徐文长自谓"吾书第一，诗次之，文次之，画又次之"，齐白石自称"我诗第一，印第二，字第三，画第四"，林散之自言"诗第一，画其次，书又次之"……这种自我认知与他者定位之间往往存在差异，差异之间也许透露出自我与他人的不同诉求、渴望与不甘。

说这些并不是要强调自己有多方面才能，而是说光风霁月之人面对的是无边无涯的世界，光明俊伟的人格通达无穷无尽的远方。无论何人，当其人生在世俗社会中日趋窄化，内心中多少会产生一些遗憾，那是对于生活丰富性与复杂性的欲求。走上学术研究与批评的人生道路，在我而言实际上是被动的、跌跌撞撞的旅程，但若真要探求其他的选择，心下也是一片迷惘。人生是一条单行道，无法回头，无法假设，只能顺其自然，坦然面对。"回看天际下中流，岩上无心云相逐。"这大约是隐隐约约的宿命。"纵使文章惊海内，纸上苍生而已"，更何况根本谈不上"惊海内"，重要的是生活本身。热爱生活，并尝试让它尽可能变得充实，这就不负此生了。一百多年前，青年鲁迅谓：作至诚之声，致吾人于善美刚健；作温煦之声，援吾人出于荒寒。其寻索之"精神界战士"，念兹在兹的不就是由己及人的生活吗？这便是写作（无论是文学创作，还是文艺评论、学术研究）的初心与目的。如果不关切现实，那么那种写作再精致也不过是茴香豆的不同写法。

我相信我们这一代大多数人（很可能是所有人）写的都是速朽之文，但它们也并不因此就毫无意义——它们构成了我们当下生活的组成部分，是参与并且践行历史的形式。虽然也许个体微小的行动注定会沉寂在宏阔历史的进程之中，但我们不能让那种期待永恒的迷思遮蔽了当下的生活。

拥抱生活，就是意义所在。

后 记

2024 年 4 月 23 日晚上，在武汉去往杭州的列车上，接到马小淘打来的电话，约我一本散文集的书稿。我的写作基本上是学术性质的，散文只是偶尔为之，职业生涯的业余产物，能够被认可心中自然非常高兴，所以欣然接受。

假期待在家中没有出门，搜箧倾箧整理了一下此前的文章，想着无主题的变奏有杂凑之嫌，就按照生活流转的轨迹编成这本书稿，并不是那种唯美或抒情的"纯文学"，更多是一些观察与思考。我喜欢灵动漂亮的表述与别致聪明的形式，但更在意某个物象、某种风景、某件事情的"意义"及其之于民众生活的作用。诚如某些"通透"之人所谓，人生可能没有意义，正因如此，反倒需要我们去主动寻绎与建构。所以，我似乎从未有过语言游戏意义上的审美，行文不免时不时有些学术的思维。好在散文一事，并无固定轨辙，它似乎是最自由的文体。

标题来自海子的一首诗《九月的云》"水上有光/河水向前"，意在隐约照见一个人的生命史。古来的通行象征中，人生如逝水，不舍昼夜，向前而行，这些文字就如同水上之光。

文章先前发表在《人民日报》《人民文学》《十月》《天涯》《芳草》《传记文学》《中华读书报》《文艺报》《中国艺术报》《百花洲》《鹿鸣》等报刊，感谢刘琼、张健、张珊珊、徐则臣、季亚娅、林森、周新民、张元珂、丁帆、岳雯、张成、朱强、苏煜等各位约稿的师友。

今天是青年节，希望那个笃定的、勇往直前的、永远年轻的自己，一如既往。

刘大先

2024 年 5 月 4 日